河出文庫
古典新訳コレクション

仮名手本忠臣蔵

松井今朝子 訳

河出書房新社

目次

仮名手本忠臣蔵

第一　鶴岡のおもてなし（兜の鑑定）

いくら素晴らしいごちそうがあるといわれても、味は食べてみないとわからないのですから、武士の忠誠心や武勇といったものも平和な世の中では陰に隠れてわかりにくいのではないでしょうか。それは昼に見えない星が、夜になればきらきら輝くのと同じことで、いったん世の中が乱れたら本物の武士とはどういうものか歴然とします。そうした一例を『太平記』の時代の出来事として、ここにわかりやすく書いてみましょう。

時は暦応《りやくおう》元年（一三三八）の陰暦二月下旬（三月中旬）。

将軍足利尊氏《あしかがたかうじ》公は新田義貞《にったよしさだ》を滅ぼして京都に御所を構えており、その徳高い政治は天下の隅々にまで及んで、多くの人民が文字通り草のなびくように従うご威勢でございます。

国中にあたかも鶴の羽のごとく伸ばした権勢を象徴する鶴岡《つるがおか》八幡宮が落成し、尊氏公の代参としてご実弟の足利左兵衛督直義《さひょうえのかみただよし》公が鎌倉にご到着なさったので、鎌倉に在駐する将軍補佐役、高武蔵守師直《こうのむさしのかみもろなお》は人を見下す横柄な目つきをしてお側《そば》におりました。

もてなし役を務める係は桃井播磨守《もものいはりまのかみ》の弟、若狭之助安近《わかさのすけやすちか》と伯耆国《ほうきのくに》（鳥取県）の城主、塩冶判官高定《えんやはんがんたかさだ》。二人は境内にある馬場の前方に幕を張り巡らして、きちんとした恰好《かっこう》で控えています。

さて直義公がおっしゃるには、

「どうだ師直、この唐櫃《からびつ》（脚付きの箱）に入れておいたのは兄尊氏に滅ぼされた新田義貞の兜《かぶと》だが、後醍醐《ごだいご》天皇から賜った兜でもあり、また敵ながらも義貞は清和源氏の嫡流だから、脱ぎ捨てたものでもそのまま放っておくわけにはいかん。この神社の御蔵《みくら》に収納して、大切に保管するようにという尊氏公の厳しいご命令だぞ」

そう聞いて師直は、

「これは思いも寄らんことをおっしゃいますなあ。新田は清和源氏の末流だから着けていた兜を敬うというのなら、足利の味方についた大名や小名には清和源氏の末流がいくらもあって、新田の兜だけを奉納するのは却《かえ》ってまずいからおよしなさいまし」

と遠慮なく申しあげました。

「いや、そんなことはございません。この若狭之助が考えますには、これは尊氏公のご計略。新田の残党がそうした思いやりに感じ入って、自ら降参してくるように仕向ける手だてかと存じますので、無用と決めつけたご意見は軽率かと……」

若狭之助がそういい終わらぬ先に、

「やあ、この師直に向かって軽率とは出過ぎた言いぐさだぞ。そもそも義貞が討ち死にした際は髪が乱れて兜を着けず、死骸《しがい》の側に転がっていた兜は四十七もあって、どれがどれだか見分けがつかなかったというではないか。たぶんそうだとして奉納した兜が、あとで違っていたら大きな恥だ。未熟者の分際で、訊《き》かれもしないのに意見を挟むなぞもってのほか。引っ込んでらっしゃい」

直義公の信任が厚いのをいいことに、師直は口から出るにまかせて人を杭《くい》とも思わぬ調子で、出る杭を打つ大鉄槌《てっつい》の暴言を浴びせました。片や打ち込まれた若狭之助のほうがたちまち憤激の目つきに変わったのを見て取った塩冶判官は、そっと中へ割って入ります。

「これはごもっともなご意見でございますが、桃井氏が申しあげたのも世の中を平和に治める戦略というべきで、あながち捨てられぬ意見かと。この際は双方の折り合いがつくような、直義公の賢明なご判断を仰ぎたく存じます」

判官がそう申しあげると直義公はご機嫌になり、

「おお、そういうと思ったから、一つ考えがあって、塩冶の妻を連れてくるようにいいつけておいたのだ。ここへ呼びだすがよい」

この命令で下っ端の役人がハッと答える間もなく、馬場の白砂を素足で踏みしめ、裲襠《うちかけ》の裾《すそ》で神前の庭を掃くようにしてやって来るのは塩冶判官の妻、顔世御前《かおよごぜん》でございます。薄化粧でも宝玉と見まごうような美人が直義公からはるか遠く離れた場所に畏《かしこ》まっておりますと、女好きの師直がすぐに声をかけました。

「おお、塩冶氏の夫人、顔世さんは先ほどからさぞかし待ちくたびれたであろう。ご苦労なことじゃ。直義公のお召しなのだから、さあ、もっと近くへお来しなさい」

と、いかにも俺様《おれさま》が取り持ってやろうという顔つきです。

直義公は顔世を見て、

「ここに呼んだのはほかでもない。先年の元弘《げんこう》の変の折、後醍醐天皇はご自分がかつて都で着用された兜を義貞にお与えになったというから、義貞は疑いもなく最期の時にそれを身に着けていたに違いないが、その兜を見知った者がほかに誰もいないのだ。当時は十二人いた内侍《ないし》の中で、塩冶の妻が兵器の管理をする女官だったと聞いている。

それならきっとご存じだろう。憶《おぼ》えがあるなら、刀剣の鑑定家で知られた本阿弥《ほんあみ》のように、ここで兜の鑑定をしてみられよ」

直義公の命令も女性にはもの柔らかな調子で、承ったほうもまたなよやかに応じます。

「身に余るお言葉でございます。それこそは日頃わたくしの扱い馴《な》れていた帝《みかど》ご着用の兜でございました。蘭奢待《らんじゃたい》という名香を添えて義貞に下賜された際、お取り次ぎをしたのもこの顔世で、義貞が帝に次のようにお答えしたのを聞いております。人の身は一代限りでも、その名は末長く残るから、いざ討ち死にするという時は、この蘭奢待の名香を兜の内側に焚《た》きしめておきましょう。そうすれば髪に香の匂《にお》いがつきますので、名香の薫る首を取ったという者が現れたら、それこそが義貞の最期だと思ってくださいまし。帝にそう申しあげた言葉に、まさか嘘《うそ》はございますまい」

師直はそれを聞きながら顔世の愛らしい口もとに目を奪われ、ひそかな企《たくら》みを持って小鼻をふくらましております。

詳しくお聞きになった直義公は、

「おお、行き届いた答え方だ。そうだと思ったから、あたりに散乱した四十七の兜をすべてこの唐櫃の中に収めておいた。さっそく見分けさせよ」

命令を受けた下役の侍は腰を海老《えび》のように屈《かが》めて、これまた海老のように半円形に曲がった錠を開けている間ももどかしく、顔世は恐れずに側へ寄って見ました。するとご当地でも有名な鎌倉山の星月夜を偲《しの》ばせる星兜やら、先の尖《とが》った突貝《とっぱい》兜やら、獅《し》子頭《しがしら》の付いた兜やら、鎧《よろい》の背に差す目印と同様に各家の流儀にちなんだ兜が次々と出て参ります。平たい直平《ちょっぺい》兜もあれば、金具の縁《へり》の縦筋を際立たせた筋兜もあって、錣《しころ》がない兜は弓を射るのに都合よくしたものか、持ち主の好みによって形は実にさまざまです。

沢山の中で五枚重ねの錣に竜頭《たつがしら》をあしらったひときわ立派な兜が出てくると、顔世が「これこそ」といわないうちに名香がぱっと薫り立って、「わたくしの扱い馴れた義貞の兜でございます」と差しだせば、間違いなかろうと衆議一決。

「塩冶、桃井の両人はこれを当社の宝蔵に納めるがいい。こちらへ参れ」

と直義公はすぐに席を立たれて、顔世の退出を許可されると、段葛《だんかずら》と呼ばれる参道の一段高くした場所を通り過ぎられ、塩冶、桃井の両人も連れ立って奥に入って行きます。

あとに残された顔世は話の取っかかりもないままに、

「師直様は今しばらくここにいて、ご苦労ながらお仕事がお済みになってから静かにご退出を。もうご用が済んだわたくしは長居するのも畏れ多いので失礼を致します」

と立ちあがろうとしたら、師直が側にすり寄ってその袖《そで》をじっと押さえました。

「まあ、お待ちなさい。今日の仕事が済み次第、あなたの所へ押しかけてお目にかけたいものがあったんですよ。幸い都合よく、ここへ呼びだされた直義公は、わしにとって縁結びの神様じゃ。ご存じの通り、わたしは歌道に関心があり、吉田兼好《けんこう》を先生として毎日文通してますが、これはあなたへ届けてくれと頼まれた問い合わせの手紙。なるほど承知したというお返事なら、口頭でも構いませんよ」

と袂《たもと》から取りだして顔世の袂に押し込んだのは紙を結んだ形の恋文で、顔にも似合わず「愛《いと》しい顔世様へ、武蔵鐙《あぶみ》」という宛名《あてな》書きがあります。

顔世はハッとしつつも、ここでつれなくして相手を辱めてはかえって夫の名前が出る恐れもあるし……いっそ家に持ち帰って夫と相談をしてみようか。いやいや、それだと夫が師直を憎んでとんだ間違いをしでかしそうだし、などと思い煩って何もいわずに恋文を投げ返します。それを他人に見られないよう師直は手に取りあげて、

「たとえ突っ返されても、一度はあなたの手に触れたかと思えば、自分の書いた手紙とはいえ無下には捨てておかれませんなあ。くどくはいわんが、色よい返事を聞くまでは、口説いて、口説いて、口説き抜く。よろしいかな、師直はこの天下をどうにで

も動かせるんですよ。夫の塩冶を生かすも殺すも、あなたの心次第。どうです、つまりはそういうことじゃないのかねえ」

顔世はこれを聞いて返事もできずにただただ涙ぐむばかりでした。

ちょうどそこに来合わせたのが桃井若狭之助。例によって師直が道に外れた行為をするものと判断し、気転をきかせて声をかけます。

「顔世さん、まだお帰りにならなかったのか。退出のお許しが出ているのにぐずぐずしていると、却ってお上《かみ》へ無礼になる。早くお帰りなさい」

そう急《せ》き立てて、顔世をその場から巧《うま》く逃がしました。

さては、あいつに勘づかれたか、とは思っても、師直はまったく弱みを見せません。

「やあ、またしても余計な出しゃばりか。帰っていいなら、自分が帰らせている。顔世は塩冶の妻として、夫が今度の役目を無事に務められるようにと内々に頼んでおったのだ。そう来なくちゃいかん。大名の塩冶でさえ、ちゃんとあの通り、わしに敬意を払って頼んでくるのに、お前のような官位の低い、領地も少ない役立たずが、えらそうに何をぬかしおる。その領地も一体誰のおかげで頂戴《ちょうだい》してると思うんだ。この師直の口先一つで何もかも喪《うしな》って乞食《こじき》に落ちぶれるかもしれん危うい身分のくせして、それでも立派な武士のつもりでいる気か」

恋の邪魔をされた師直の仕返しの憎まれ口に、かっと頭に血がのぼって苛立《いらだ》つ若狭之助は、鞘《さや》の口が砕けんばかりに刀を強く握りしめ、今にも抜きそうな勢いです。とはいえ、ここは神前でもあり、また直義公の御前でもあるからして、いったんは我慢したものの、師直にあと一言何かいわれたら、それが生死の分かれ目にもなりそうでした。

その時まるで先手を打ったかのように「直義公のお帰りである」と先触れをするお供の声が聞こえて、ついに刀を抜く機会は逸し、決着は先延ばしにせざるを得ません。若狭之助は無念の気持ちが胸いっぱいに迫って忘れられず、片や師直は悪いことをいっぱい重ねても逆に悪運強くて斬《き》られずに済みました。

塩冶判官はその師直が明日は自分の敵になるとも知らず、行列の最後尾でお供をして警護に当たっておりました。行列の先頭では直義公の悠然とお歩きになるのが威風堂々としていて、いかにも人の上に立つ方のお姿と見受けられます。

かくして新田義貞が最期に着用した竜頭の兜を始め当社に収蔵される兜は、ちょうどいろは仮名四十七文字の札を付けられる数だけありました。

このあと鉄の兜を柔らかくした火事場用の兜頭巾《ずきん》がほころびるようにして、平和な時代の大事件が起きますが、今はまだ国の秩序も末長く保たれるかのごとくでございました。

第二　家臣の忠告は鈍い刃（松の枝伐《き》り）

空も穏やかな陰暦三月（四月頃）の黄昏《たそがれ》どき。桃井若狭《もものいわかさ》之《の》助安近《すけやすちか》の屋敷では作法通りきれいに掃き掃除がされて、お庭の松も幾久しく当家の繁栄を見守るかのようでございます。

　実際に当家を守る加古《かこ》川本蔵行国《がわほんぞうゆきくに》という家老は年齢も五十の分別盛りで、きちんと裃《かみしも》を着けて表座敷の縁側に出て参りました。そうとも知らず掃除をする下男たちは何やらぺちゃくちゃおしゃべりをしております。

「なあ関内《せきない》よ、こないだからお上はとてつもない準備をして、都のお客様をおもてなし。昨日は鶴岡《つるがおか》八幡宮へお参りをなされたが、さぞかし大変なご出費だったろう。それだけの金があったら、この俺《おれ》は可介《べくすけ》という名前を改名して楽しむんだがなあ」

「なんだと、改名して楽しむとは珍しい。それでまたどう変えるんだ」

「さあて、四角い貨幣を角助《かくすけ》と呼ぶが、この俺も角助と名前を変えて博奕《ばくち》の胴元《どうもと》をする気さ」

「なにバカなことといってんだい。それよりお前は知らねえか。昨日は鶴岡で、うちの旦那《だんな》の若狭之助様がえらいまずいことになったという話だぜ。俺も詳しくは知らんが、なんでも師直《もろなお》さんが大恥をかかせたんだと下僕部屋で噂《うわさ》をしてる。きっとまた何か無理をいいやがって、うちの旦那を凹《へこ》ませたんだろうよ」

などと口さがない連中の話を立ち聞いた本蔵は、

「やい、何をわいわいとお上の噂で騒ぎたてておるのじゃ。しかも奥様がご病気中だというのに。桃井家の恥になるようなことは、この本蔵が聞き捨てにはできんぞ。とかく一家の災難は下の者から起きるというから、口は慎しめ。掃除の仕事が済んだら皆さっさと行くがいい」

と穏やかに叱《しか》って追い払いました。

するとこ今度はやさしげな女の召使いがたばこ盆を持って来ます。本蔵がたばこの煙を吹かして、それが輪っかや雲の形に流れるところへ、廊下に衣《きぬ》ずれの音が響いて心地よい香りが漂ってきました。本蔵の可愛がっている一人娘の小浪《こなみ》が母の戸無瀬《となせ》と共におしとやかに出て参ります。

「これはこれは、二人ともどうしたことだ。奥様の看病もせず、自分らで勝手に遊んでいるとは不謹慎も甚だしいぞ」

「いいえ、お父様。今日は奥様もふだんよりご気分がよろしいようで、今はすやすやとお寝《やす》みになっておられます。それで、ねえ、お母様……」

「ねえ、あなた、本蔵さん。実は先ほど奥様からお話がありましたの。昨日小浪が鶴岡八幡宮にご代参をしての帰り道、ご主人の若狭之助様が高師直《こうの》様と口喧嘩《くちげんか》をなさったという噂。誰いうともなく奥様のお耳に入ったようで、それはそれは、もう大変なご心配。お前の夫の本蔵は詳しい事情を知りながら、自分には隠しているのかとお尋ねになりましたので、小浪に様子を訊《き》いたところ、この子もわたしと同じく事情は何も存じませんとお返事をしましたけれど。奥様のご病気にも障りましょうし、もし桃井家の恥になるようなことでしたら……」

「おいおい、戸無瀬。それくらいのことを、なぜ適当にごまかしてお返事申しあげなかったんだ。ご主人は生まれつき短気なご性格。口喧嘩だなどと女子供は簡単にいうが、刀を持った武士はちょっとした言葉の行き違いでも、命を失うことになりかねんのだぞ。お前も武士の妻ではないか。それくらいのことに気がつかんのか。もっと心がけてくれなくては困る」

　本蔵はこうして妻を厳しくたしなめる一方で、娘の小浪にはついつい甘い声を出します。

「なあ、小浪、ご代参の途中で、お前はそのような噂を聞いたか、それとも聞かなかったか……なに、聞かなかった？　おお、そのはずだ。ハハハハハ、なんの別にどうってことはないのさ。よしよし、奥様のお気が休まるよう、わしが直《じか》にお目にかかろうか」

と立ちあがろうとしたちょうどその時、当番の係が現れてこう告げます。

「大星由良之助《おおぼしゆらのすけ》様のご子息、大星力弥《りきや》様がおいでになりました」

「うん、たぶん直義《ただよし》公のご接待に関する相談で塩冶《えんや》様のお使いとして来られたんだろう。こちらへお通しせよ。戸無瀬、お前は先方のご挨拶《あいさつ》を承って、殿へその通り申しあげてくれ。お使い役の力弥は小浪と婚約した婿殿だ。せいぜいもてなしてやりなさい。わしはまず奥様にお目にかかってこよう」

そういい捨てて本蔵は奥の部屋に入って行きます。戸無瀬は娘を側近くに招いて、

「ねえ、小浪、お父様が堅苦しいのはいつものことだけど、今おっしゃった先方のご挨拶をお受けするのも、あなたの役目にすればよさそうなのにねえ。それをこの戸無瀬にしろなんて、母親とはえらく考え方が違うわね。あなたもまた力弥さんの顔が見たいだろうし、逢《あ》いたいでしょ。なら母に代わってお出迎えなさいな。それは嫌？

ほんとに嫌なのかしら？」

と繰り返し訊けば、小浪はハイともイイエとも返事ができず、ただただ顔を赤らめるばかりのおぼこさです。

母は娘の気持ちを察したように、

「あっ、痛っ。ねえ背中を押してちょうだい」

「まあ、どうなさったの？」

小浪がうろたえて騒ぐと、

「いえね、今朝からいろいろと気遣いが多かったから、また持病の差し込みが来たのよ。これじゃどうにもお使いには会われそうもないわ。イタタタタ、あなた、ご苦労だけど、わたしの代わりにお使いのご挨拶を伺って、おもてなしもしてちょうだいね。ああ、ご主人様と持病にはどうしても勝てないわねえ」

戸無瀬はそろそろと立ちあがって、

「小浪ちゃん、精一杯おもてなしをなさいねえ。でも、あんまりもてなし過ぎて、大切《だいじ》なご挨拶を忘れちゃいけませんよ。わたしも婿殿に会い……アイタッ」

と仮病を装いながら、気をきかせて奥へ引っ込んでしまいます。

小浪はその後ろ姿を拝むように何度も頭を下げて、

「本当にありがとう、お母様。日頃から恋しく愛《いと》しい力弥さんと逢えるようにしてくださるなんて」

でも逢えばどういおうかしら、どう話そうかしら、と娘心はどきどきして、胸には小浪が打ち寄せるようです。

そこに入ってきた大星力弥は畳の上を歩くにも昔の作法を守る行儀のよさで、まだ未成年のしるしの角前髪《すみまえがみ》に結った十七歳の青年ですが、二つ巴《どもえ》の家紋が付いた裃を着て大小の刀を差した姿は実に立派で爽《さわ》やかに見えます。さすがに大星由良之助の子息とあって優れた能力を窺《うかが》わせつつ、静かに席に着いて、

「どなたか、お取り次ぎをお願い致します」

と丁寧に申しました。

小浪はハッと両手を突いて、互いにじっと顔を見合わせながら恋人同士なのだと信じ、何もいえずに赤面している様子はまるで梅と桜の花相撲です。ただし二人がここですぐ結ばれるように取りはからってくれそうな、枕《まくら》という行司はさすがにございませんが。

小浪はどきどきする胸をようやく落ち着かせ、

「これはこれは、ご苦労様でございます。ようこそいらっしゃいました。ご挨拶を承

るのはわたくしの役目でございますから、ご用件の趣きを、あなた様の口からわたくしの口へ直におっしゃってくださいませ」

と、いきなり側へすり寄れば、力弥はさっと身をかわして、

「はあ、これはまたなんとも不作法な。およそご挨拶の仕方は、双方とも行儀作法が第一でございますぞ」

と畳を退《さが》って両手を突きます。

「主人塩冶判官《はんがん》より若狭之助様へご挨拶を申しあげます。明日は管領《かんれい》直義公の元へ参って、共に未明のうちから控えている予定でございましたが、きっとお客様のほうも早々とおいでになるでしょうから、判官と若狭之助の両人は午前四時には必ず来ているようにと、師直様のおいいつけでございます。万事に間違いがないよう、今一度お使いに行けと主人判官が申しつけましたので、以上の次第をこの通り若狭之助様へ申しあげてくださいい」

立て板に水を流すように流暢《りゅうちょう》な力弥の挨拶で、小浪はうっとりと顔に見とれて何も返事ができません。すると奥から、

「おお、聞いた、聞いた。使いご苦労」

と若狭之助が姿を現します。

「昨日お別れしてから判官さんとは行き違いになってお目にかかれず失礼をした。なるほど、では午前四時にお目にかかりましょう。委細承知しました、判官さんも御苦労様ですと、よろしく申しあげてくれ。お使いご苦労だった」

「はっ、それならば、もうお暇《いとま》を申しあげます。いや、お取り次ぎの女性、ご苦労でした」

力弥はそっけなくいって静かに立ちあがり、小浪のほうを振り向きもせずに身なりを正して立ち去りました。

入れ替わりに今度は本蔵が奥の部屋から出て参ります。

「ああ、殿、ここにおいででしたか。いよいよ明朝は午前四時にお城へおいでとのこと、御苦労様にございます。今夜は早《はや》もう真夜中の十二時。しばらく仮眠をなさいませ」

「なるほど、それもそうだが……いや、なあ、本蔵、お前にちょっと話しておきたいことがあるのだ。内密の話だから、小浪は奥へやってくれ」

「はあ。これこれ娘、用事があれば手を叩《たた》いて知らせるから、奥へ行け、奥へ」

と本蔵はひとまず娘を奥に追い払ったものの、主人の顔色が読めないので自らお側に近づきます。

「先ほどから、わたくしもお伺いしようと存じていたところです。どうぞ詳しい事情をお聞かせください」

さらに身を近づけると、若狭之助のほうも膝《ひざ》でにじり寄って、

「本蔵よ、今この若狭之助が話しだすことに関しては、それが何であれ、ただ一言かしこまりましたといって、言葉を返すことはしないという誓いを立ててくれ」

「はあ。これはまた改まったお言葉でございますなあ。かしこまりは致しましょうが、さすがに武士の誓いは……」

「できんというのか」

「いや、そうではございませんが、まず詳しい事情を伺ってから」

「事情を話させたあとで説教する気だな」

「いや、そういうわけでは」

「主人の言葉に背くのか、さあ、どうだ、どうなんだ」

「は、はあ……」

とばかりに本蔵はうなだれて、しばらく言葉も出ませんでしたが、ついに覚悟を決めて脇差《わきざし》を抜き、片手で刀身を取りだして、その鉄《かね》をチョン、チョン、チョンと打つ武士の誓いの作法を見せます。

「本蔵の心中はこの通り。お止めもせず、他言も致しません。まずひと通りのお考えを、お急ぎにならず、わたくしが十分納得のいくようにお話しくださいませ。しっかりと承りましょう」

「うん、ならばひと通り話して聞かせよう。このたびは管領の足利左兵衛督《あしかがさひようえのかみ》直義公が鶴岡八幡宮造営のために都から鎌倉へお越しになって、そのもてなし役を塩冶判官とわたしの両人が承ったところ、尊氏《たかうじ》将軍のお申しつけで高師直が指導役となり、万事あの男の指図に従ってご接待申しあげよとのこと。あの男は年輩でもあり、色んな物事に通じた侍だというので将軍がお気に召したのをいいことに、どんどんつけあがって、日頃のわがままぶりが十倍増しだ。都の武士も大勢いる中で若輩の自分に目をつけて、悪口雑言も甚だしく、その場で真っ二つに叩き斬《き》ってやろうと思いながら、お上に遠慮して気持ちを抑えたことが何度あったかしれん。

　明日はもう我慢がならん。直義公の御前で師直に恥をかかせてやるのは武士の意地だ。その上で斬って捨てる。決して止めるな。日頃から俺は短気だとして、妻を始めお前もよく注意してくれた。それを何度も聞かされたから、心の中では重々承知してるが、無念の重なる武士の魂が承知をせん。桃井家の断絶、妻の嘆きを思わないわけではないが、これ以上の我慢をすれば武士の誇りを傷つけ、戦《いくさ》の神にも畏《おそ》れ多いことに思う。

戦場で名誉ある討ち死にはできなくても、師直一人を討って捨てれば天下のためにもなるだろうし、何より桃井家の恥辱には代えられん。必ずや、若狭之助は短気のせいで身を滅ぼした猪武者《いのししむしゃ》だ、無分別なうろたえ者だと世間は噂するだろうから、今お前にこうしてしっかりと打ち明けておくんだぞ」

若狭之助は無念の涙が体中に浸《し》み通って内臓を貫くかのような思いつめ方でございました。

本蔵は感じ入ったように両手をポンと打ち合わせ、

「おお、よくぞ理由《わけ》をおっしゃった。よくぞ我慢をなされた。この本蔵なら、とても今まで我慢してはおられなかったでしょう」

「なんだと本蔵、今なんといった。これまでよく我慢した、よく堪え忍んだとは……お前はこの若狭之助をバカにするのか」

「これは殿のお言葉とも思えません。冬場は日陰を歩き、夏は暑い日向《ひなた》を通ってなるべく人を避けるようにしておれば、わが家の中にいるのと同じで、すれ違いざまの喧嘩や口論は起きないという譬《たと》え話。それは町人の教訓にはなりましょうが、武士の家には当てはまりません。無法な相手を避けて通してやれば、際限がなくなるというのがこの本蔵の考えですが、それは間違いでしょうか。殿のお言葉をバカにするような気持ちは心底ない証拠を今お目にかけましょう」

と本蔵は主人の側にある脇差を抜くより先に表座敷の庭草履《ぞうり》の片方を手に取りあげ、それで素早く脇差の刃を研ぐと、縁先に伸びた松の枝をすぱっと切って、また手早く鞘《さや》に収めました。

「さあ、殿。まあ、このように斬って、さっぱりとなさいませ」

「おお、いうまでもない」

二人はこうした物騒な話を、人が聞いてやしないかと周囲に気を配ります。

「今夜はまだ十二時。ぐっすりとひと寝入りなさいませ。枕時計の目覚ましを本蔵が仕掛けておきましょう。どうぞ早くお寝《やす》みを」

「おお、お前が承知してくれて満足した。妻にも会って、それとなく別れを告げるとしよう。もうお前に会うこともないぞ、本蔵。さらばだ」

若狭之助はそういい捨てて奥の部屋に入って行かれました。まことに武士の意地というのは致し方がないものでございます。

若狭之助の後ろ姿を見送った本蔵は勝手口へ走り出て、

「本蔵の家来ども、馬を曳《ひ》け、早く」

という間もなく袴《はかま》の裾《すそ》をきりっと短めにたくし上げて凜々《りり》しい姿になり、家来が馬を庭に曳きだすと縁側からひらりとまたがります。

「これから師直の屋敷に行く。者ども、あとに続けっ」

と馬を前に進めたところで、戸無瀬と小浪が飛びだして馬の轡《くつわ》にすがりつきました。

「これ、あなた、どこへ行かれるのです。様子はひと通り聞きましたが、年甲斐《としがい》もなく、こんな真似《まね》はおよしなさいまし。ご主人にちゃんとしたご忠告をなさらないのも納得できません。お引き止め致します」

母と娘がぶらぶらと馬の轡にぶら下がるようにすがりついて引き止めにかかれば、

「ええ、差し出た真似をするな。ご主人のお命、桃井家のためを思うからこそこうするのだ。このことは断じて殿に知らせてはならんぞ。もしお耳に入れたら娘は勘当、戸無瀬は夫婦の縁を切る。家来ども、万事は道々いいつけるとしよう。二人はさっさとそこを退《ど》け」

外に出ようとする本蔵を、だめ、だめ、だめよ、となおも引き止めにかかった母と娘は「ええ、面倒だ」と鐙《あぶみ》の端でドンとひと当てされ、うんと苦しんでのけぞります。

それに見向きもせず本蔵は「家来ども続けっ」と馬を蹴《け》りあげます。あたりは砂煙が濛々《もうもう》と舞いあがって、家来たちは馬を後ろから笞《むち》で追い立てながら、力強い足取りで駆《か》けだして行きました。

第三　恋歌の報復（御殿での事件）

足利左兵衛督直義《あしかがさひょうえのかみただよし》公が関東八カ国の管領《かんれい》となって新築された御殿の造りはさすがにご立派、大名も小名も美しく着飾った晴れの衣裳《いしょう》で、鎌倉山の星月夜のごとくきらびやかに参列してのご接待。お能役者は裏門口に、表門には客人のおもてなしをする係が午前四時には参りまして、武家の威光も輝きます。

西門の見張り番所の方から、ハイハイハイと声も厳《いか》めしく先導が提灯《ちょうちん》を照らして入って来たのは武蔵守高師直《むさしのかみこうのもろなお》。いかにも権勢を誇って鼻高々で、薄い藍地《あいじ》に大きな紋を染め抜いた礼服を着て、頭には高慢な心のごとく先の尖《とが》った立烏帽子《たてえぼし》をかぶっております。

詰所ごとに家来たちを残しておき、わずかな人数の下僕に先導をさせる主人、師直の権威を笠《かさ》に着ているのは鷺坂伴内《さぎさかばんない》。この男もまた鵜《う》の真似をする烏《からす》ならぬ鶴《つる》の真似をする鷺といった感じで、えらそうに肩肘《かたひじ》を張っております。

「もし、旦那《だんな》様、今日の御前での首尾も上々でございましたなあ。いや、うちは塩冶《えんや》でございます、うちは桃井《もものい》でございますだなんて、日頃はえらそうに騒いでおっても、こと行儀作法となればまるで屋根の上にあげられた子犬も同然、すっかり怖《お》じ気《け》づいてしまうのがおかしくて堪《たま》りません。はてさて本当に腹の皮がよじれるほど笑えましたぞ。

いや、それにつけても前々からのことですが、塩冶の妻の顔世《かおよ》御前は殿にまだお返事申しあげないとのこと。まあ、お気を悪くなさいますな。いくら顔かたちが美しくても、あれは気がききませんなあ。そもそもなんで塩冶ごときと、現在幕府一番の要職にある師直様と……」

「これこれ、声が大きい。夫ある身の顔世は、和歌の指導にかこつけて何度も口説いたが、いまだにモノにできん。そこで向こうの軽《かる》という小間《こま》使い女中が新参者だと聞いたから、そいつを手なずけて頼んでみようと思う。それにまだまだ脈はあるぞ。顔世が本当に嫌なら、塩冶に事情をすっかり打ち明けておるはずだ。夫にまだいわないのを楽しみにしておこう」

四脚門《よつあしもん》の物陰で師直主従がこうして互いにうなずきながら話し合っていたちょうどその時、見張り番所に控えていた家来が慌ただしく走って参りました。

「われわれが見張り番所の腰掛けで控えておりましたら、桃井若狭之助《わかさのすけ》の家来加古川《かこがわ》本蔵《ほんぞう》が参りまして、師直様へ直接お目にかかるために馬で急行してお屋敷に伺ったが、すでに御城へ出かけられたあとだったので、是非ともここでお目にかかりたいと申して、家来も大勢引き連れております。いかが致しましょうか」

そう聞くなり伴内が騒ぎだし、

「今日は大切な御用のある師直様と直《じか》に対面したいとは無礼なやつだ。自分が直接会って話してやる」

と走って行こうとするのを、

「待て待て、伴内。事情はわかった。若狭之助が一昨日《おととい》の鶴岡《つるがおか》での恨みを晴らそうと、自分では手を下さずに、家来の本蔵にいいつけて、この師直の権威をへし折るつもりなんだろう。ハハハハハ、伴内、しくじるなよ。四時にはまだ時間もある。ここへ呼びだして片づけてしまおう」

「なるほど、承知しました。家来ども、気をつけろよ」

師直とその家来たちは、柄《つか》から刀身が抜けないようにした目釘《めくぎ》を唾《つば》で湿らせてさらにしっかり固定させるなど、十分に用意をして待ち受けております。

片や加古川本蔵は師直の言葉に従って、身なりを整えながら悠々とやって参りました。下僕に持たせた贈り物を師直の目の前にずらりと並べさせ、自分ははるか後ろに退《さが》って地面にうずくまるようにしております。

「はあ、恐れながら師直様へ申しあげます。このたび主人若狭之助が尊氏《たかうじ》将軍から大役を仰せつかったことは武士の名誉でもあり、身に余る幸せでございますが、若輩の若狭之助はどんな作法も頼りなくて、どうなることかと心配しておりましたところ、師直様が万事お手本となっていろいろとご指導くださいますので、お上の御用がなんとか無事に務まっております。これはまったく主人だけの手柄ではなく、すべて師直様が取り繕ってくださるおかげだと、主人を始め奥方や家来一同われわれまでもが大《おお》歓《よろこ》びで感謝を致しております。そこで、非常にわずかではございますが、そのお礼として、桃井家一同からの贈り物をお受け取りくださいましたら、当方にはこの世でのさらなる名誉となりましょう。どうかお願い致します。目録をお取り次ぎください」

と本蔵が目録を差しだせば、伴内はふしぎそうにそれをそっと手に取り、中を開いて読みあげます。

「目録。一つ、反物《たんもの》三十本、黄金三十枚、若狭之助奥方より。一つ、黄金二十枚、家老加古川本蔵より。同じく十枚、番頭《ばんがしら》、同じく十枚、侍一同より。右の通り」

師直は開いた口がふさがらずにぼうっとして、伴内と顔を見合わせます。二人とも気が抜けたようにきょとんとしているさまは、まるで住吉祭《すみよしまつり》が延期になった六月三十日の人と同様、なんだか手持ち無沙汰《ぶさた》に見えました。

師直は急に言葉を改め、

「これはこれは、恐れ入ったやり方じゃのう。伴内、さて、どうしたものかなあ。うーん、ご辞退したら折角のお志を無駄にすることになるし、第一大変失礼でもある。ああ、礼儀作法を教える者として、こんな場合はまったく困る。本当に困りもんだぞ。いやはや本蔵さん、何も指導するほどのことはないが、とにかくまあ若狭之助さんは器用でいらっしゃるから、指導するわしも及ばんほどなんじゃ。これ、伴内、贈り物の品々はすべて頂戴《ちょうだい》しろ。ええ、不作法なことじゃのう。こうした道ばたでは、本蔵さんにお茶さえ差しあげられんではないか」

手のひらを返したような師直の挨拶《あいさつ》を聞いて、本蔵は内心やった！　と思いながら、なおも両手を突いております。

「もはや四時になりますので、これで失礼を致しますが、今日は特に盛大な行事を控えたお席でございますから、ますます主人をご指導のほど、よろしくお願い申しあげます」

本蔵がそういって立ち去ろうとしたら、師直はその着物の袂《たもと》を引っ張って、

「まあ、いいじゃないか。君も今日の座敷の席順を拝見なされんか」

「いや、家来のまたその家来であるわたくしが、御前に参るのは畏《おそ》れ多いかと」

「かまわん、かまわん。この師直がいっしょに行けば、誰が文句をいうもんか。ことにまた若狭之助さんのほうにも、いいつけたい些細《ささい》な用事が何やかやと出てくるだろうし、遠慮なく、どうぞ、どうぞ」

　そう勧められて、

「それならお供を致します。ご親切なお心に背くのは、かえって失礼かと存じますので。まず、お先へどうぞ」

　と本蔵は師直のあとに従います。

　金の力にものをいわせて主人の命を買い取った本蔵のしたたかな計算は、商家の番頭が算盤《そろばん》のケタを間違えないのと同様、いずれも主人に対する忠誠心に変わりございません。武家の忠臣にしろ、町家の忠孝にしろ、人の歩む道は一つでございます。その道をまっすぐ進むかのように、本蔵は師直と連れ立って御城の門を入って行きました。

　ほどなくしてやって来たのは塩冶判官高定《はんがんたかさだ》で、これも師直と同じく家来の多くは詰所に残しておき、自らが乗った駕籠《かご》乗物をひとまず道ばたで停止させました。

朽葉《くちば》色の小紋の袴《はかま》をはいた代々の家臣、早野《はやの》勘平《かんぺい》は、その真新しい袴がガサガサと鳴るような騒音に満ちた門前で、

「塩冶判官高定参上致しました」

と声を張りあげます。

すると門番が出て来てこう申しました。

「先ほどは桃井様がお入りになって塩冶様のことをお尋ねになり、今はまた師直様がお越しになって、お尋ねがありました。どうぞ早くお入りください」

そう聞いた塩冶判官は、

「やい勘平、もはや皆様はお入りになったというぞ。遅れたのは残念だ」

と勘平一人をお供に直義公の御前へ急行しました。

奥の御殿では早くもご接待のお能が始まり、地謡《じうたい》が声を高く張りあげて「播磨《はりま》潟《がた》、高砂《たかさご》の浦に着きにけり、高砂の浦に着きにけり」と謡っております。

その謡の声が門外に植えられた柳の木陰にまで運ばれると、そこには柳にも劣らぬすっきりした身なりの美しい女性が一人佇《たたず》んでいます。年頃は十八、九でしょうか、眉《まゆ》が黒々して細くきれいな弧を描くのは未婚の証拠。お堅い屋敷勤めにもすでに馴《な》れた様子で、奇特頭巾《きどくぼうし》をかぶって顔を隠し、帯は後ろ結びにしておりました。お供の下

僕が手にする提灯には塩冶家の家紋が見えます。

この女性は門前で立ち止まり、

「これこれ奴《やっこ》さん、もうすぐ夜も明ける。お前さんはどうせ門の中には入れないのだから、ここで帰ってお休みなさいな」

お供の下僕はその言葉にハイハイと従って帰って行きました。

女性が門の中を覗《のぞ》いて「勘平さんは何してるのかしら。どうかして逢《あ》いたいもんだわ。用事があるのよ」と、あたりを見まわす後ろ姿をちらっと見つけ、

「お軽じゃないか」

「勘平さん、ああ、よかった。逢いたかったのよ」

「うーん、理解できんなあ。この真夜中にお供も連れず、女一人でこんなとこへやって来るとは」

「違うのよ。ここまで送って来てくれたお供の下男を先に帰しちゃったの。わたし一人でここに残ったのは、奥様からのお使いだからなんです。どうぞ勘平に逢って、この手紙の箱を判官様の手にお渡しして、申し訳ありませんが判官様の手から、この中にある返歌の短冊を師直様へ直にお渡しくださるよう伝えてくれとのことだったの。

でも今はきっとお取り込みの真っ最中だろうし、間違いがあってもなんだから、ま

あ今夜はやめておこうかしらとおっしゃったのを、わたしがあなたに逢いたいばっかりに、『なあに、お忙しいといっても、この歌の一首や二首お届けになる時間もないほどじゃございませんでしょ』といって、ついひとっ走りして来たのよ。ああ、くたびれたわ」

と一気にしゃべってため息をつきました。

「そんなら、この手紙の箱を、ご主人の手から師直様へ渡せばいいんだな。どれ、渡してこよう。待っててくれ」

という間にも、門の中から「勘平、勘平、勘平、判官様がお呼びじゃ。勘平、勘平」と呼ぶ声が致します。

「ハイ、ハイ、只今《ただいま》そちらへ。ああ、忙《せわ》しないなあ」

勘平が袖《そで》を振りきって行ったあとには、まるで鷺が泥鰌《どじょう》を踏んでつかまえようかというような抜き足差し足で、お軽にそっと男が近づいて来ます。その名も鷺坂伴内でした。

「どうだ、お軽。恋する者の知恵は格別だろう。お前が勘平の野郎といちゃついてるところへ、勘平、勘平、旦那《だんな》がお呼びだと声をかけたのは俺様《おれさま》なんだぜ。どうだ、賢いやり方だろうが。ところで師直様があんたに頼みたいことがあるとおっしゃってんだが、俺のほうはあんたに首ったけで、なあ、一度でいいからナニしてくれよ。ねえ、いいだろう、ちょっとだけならさあ」

と抱きついてくるのをお軽は突き飛ばします。

「ちょっとォ、嫌らしい真似をしないでよ。しきたりだの礼儀作法を教える家に勤めてるくせに、あんた失礼もいいとこじゃない。ああ、なんて不作法な、行儀の悪い男なのかしら」

と突きのければ、

「そりゃ薄情だ。暗がりにまぎれて、ついちょこっとだけナニしようよ」

伴内はなおもお軽の手を握って二人が争うところへ、

「伴内様、伴内様、師直様が急ぎの御用でございます。伴内様、伴内様」

今度は二人の下僕が慌てふためいた目つきでやって参りました。

「これはどうしたことです、伴内様。先ほどから師直様があなたの行方《ゆくえ》を気にしてお尋ねになっておりましたのに」

「しきたりや礼儀作法を教える家に勤めていながら、女をつかまえて、なんて行儀の悪い、なんて不作法な」

二人が口々に文句をいうと、

「ええ、同じように何をいいやがる」

伴内はふくれっつらをして仕方なく下僕と共に立ち去って行きます。そこへ入れ替わりに勘平が戻って参りました。

「どうだ、今の気転は。伴内の野郎、まんまとだまされて行っちまったぜ。俺がまた、ご主人が呼んでらっしゃるぞといったところで、よせやい、もうその手は古いぞ、といいやがるに違いないとみたんだ。それも面倒だから、やつの下男どもに酒を飲ませて、古いなんていいわせない手を考えたのさ。ハハハ、われながら巧《うま》くやってのけたもんだ」

「さあ、その巧くやったついでに、ねえ、ちょっと、ちょっと」

とお軽が勘平の手を握れば、

「おや、これはまた随分と気の早いこった。まあ待てよ」

「あら、何をいうの。なんで待つのよ。もうすぐ夜が明けちゃうじゃない。その前に是が非でもアレしなくちゃ」

実に大胆に迫られて、勘平も根が女好きのところへ、女のほうがその気になっているのだからこんなに巧い話はないのですが、

「それでも、ここは人の出入りが多いしなあ……」

と迷っていたら、ちょうどそのとき御殿の奥から能の謡の「高砂」が声高く聞えてきました。「松根《しょうこん》によって腰を摩《す》れば」という謡の文句もなんだか卑猥《ひわい》な感じで耳に留めた勘平は、

「ああ、あの謡で思いついた。そんなら空いた番所の腰掛けで」

と二人は手を取り合いながら連れ立って参ります。

最初の演目である脇能《わきのう》の「高砂」が済めば、楽屋では鼓《つづみ》の調べや太鼓の音が響き合って天下泰平と世間の繁盛を祝福し、直義公もたいそうなご機嫌でございました。

一方、若狭之助は御殿の中でずっと待っていた師直の来るのが遅いので、奥の様子を窺《うかが》いながら、長袴の紐《ひも》を締め括《くく》って素早く動ける準備をします。あたりに注意を払って、おのれ師直め、真っ二つに叩《たた》き斬《き》ってやる、とばかりに刀を収めた鞘《さや》の口を強く握りしめ、息を詰めて待つとも知らず、師直主従が遠目にその姿を見つけました。

「これはこれは、若狭之助さん、なんとまあお早いご出勤じゃ。いやはや恐れ入りました。参った、参った。いや、参ったついでに、あなたに言い訳をして、お詫《わ》びしなくてはならんことがある」

と師直は腰に差した大小の刀をがらりと前に放りだして、

「若狭之助さん、改めてのお詫びをひと通り聞いてください。いつぞや鶴岡でわたし

が無礼なことをいい過ぎた件では、おお、さぞかし腹が立ったでしょう。ごもっとも、だが、そこを敢《あ》えてお詫び申したい。あの時はどうかした行き違いで、つい言葉が過ぎたんですよ。あれはわしの一生の誤りだと、武士がこうして両手を突いてお詫び致します。幸いあなたが世事に長《た》けた方で助かったが、無分別な者だったらこの師直は真っ二つに斬られておったでしょうなあ、ああ、怖い、怖い。実際あの時はあなたの後ろ姿に手を合わせておったんです。アハハハ、ああ、人間年を取るとまったくだらしがない。年に免じて、どうかお許しください。これこの通り、武士が刀を投げだして手を合わせております。これほど申しても聞き入れてくださらないあなたではないはずだ。とにかく重ね重ね謝ります、謝りました。これ、伴内もいっしょにお詫びをせんか」

なぞと師直がいうのを、本蔵の渡した金がいわせるお世辞と夢にも知らない若狭之助は、力んだ腕も拍子抜けして、今さら刀を抜くにも抜かれず、よく切れるように研いだ刃の手前、うつむいて考え込んでしまいます。その表情を、庭の小柴垣《こしばがき》の陰に隠れた本蔵がまばたきもせずにじっと見守っておりました。

「いや、伴内、あの塩冶はなぜこんなに遅いんだ。若狭之助さんとはえらい違いじゃないか。なんとまあ不行き届きな者だ、いまだにここへ顔を見せんとはのう。主人が主人だから、家老といっても細かいことに気がつくやつが一人もおらんのだ」

と師直は塩冶の家老を貶《けな》すことで、暗に本蔵のやり方を賞《ほ》めて安心させます。

「さあさあ若狭さん、御前へお供致しましょう。さあ、お立ちなさい。さあ、さあ、さあ、師直はこうして謝っておりますぞ。これ、この通《つう》なお方、物わかりがいい通なお方様」

と今度はお世辞たらたら若狭之助を懐柔しようとしますが、

「いや、若狭之助は先ほどから少し気分が悪うございます。どうぞ先に行ってください」

「おや、どうなさった。腹痛か。これ伴内、お背中をさすって差しあげよ。お薬を差しあげましょうか」

「いやいや、それほどのことでもございません」

「それなら少しの間お休みを。御前のほうへは自分がよしなに申しあげておきます。これ伴内、お休みになれる一間《ひとま》へご案内せよ」

師直主従が寄ってたかってちやほやするのに若狭之助は困惑し、これは一体どうしたことかと思いながらも、仕方なく奥の部屋へ入って行きました。本蔵は、ああ、これでもうひと安心だと、天地を伏し拝むようにしてお次の間に控えております。

そこへ時間も置かずにやって来た塩冶判官が、御前へ向かう長廊下を急いでいたら、師直が声をかけました。

「遅い、遅い。一体どういうつもりだ。今日は午前四時に来るよう、先だって申しつけておいたではないか」

「ああ、遅くなりましたのは当方の不行き届き。しかしながら御前へ出るにはまだ間がありましょう」

と塩冶判官は袂から手紙の箱を取りだします。

「先ほどわたくしの家来が、あなた様へお渡ししてくれるよう、奥方の顔世から託《ことづ》かったといって、これを」

と渡せば師直はそれを受け取って、

「なるほど、なるほど。いや、あなたの奥さんはまことに立派な心がけですなあ。わしが和歌の道に関心が深いと知って、添削を頼むといわれたが、きっとそのことでしょう」

箱を開ければ歌の短冊が出て参ります。

「さなきだに重きが上の小夜衣《さよごろも》、わがつまならぬつまな重ねそ。ほう、これは新古今集の和歌ではないか。古くからあるこの歌に添削をしろとは……」

一体どういうつもりだろうと考えたら「ただでさえ夜着は重いのだから、他人のものまで重ね着をすることはない」という単純な意味の歌に、褄《つま》と夫《つま》を掛け詞《ことば》にして顔世がやんわりと自分を拒絶し、つまりは恋が叶《かな》わなかった証拠だと師直は悟りました。それならもう夫にも打ち明けたに違いない、と思うにつけても怒りが込みあげてきますが、ここは素知らぬ顔で、

「判官さんはこの歌をご覧になったのでしょうなあ」

「いえ、わたくしは今初めて見たところで」

「ふーん、わしが読むのをか……ああ、あなたの奥方はえらく貞淑な女性なんですなあ。ちょっとよこされる歌でさえこれだ。夫《つま》ではない夫を重ねて持つな。ああ、貞女だ、貞女だ。あなたは幸せなお方だ。城へ来るのも遅くなるはずですよ。奥方にへばりついておられるから、直義公のことへは関心が向かんのじゃ」

こうして師直が当てこすりで悪口雑言するのも、若狭之助との一件の八つ当たりだとはまったく気づけずに、判官はむっとしましたが、なんとか気持ちを鎮めて、

「ハハハ、これは、これは。師直様は一杯機嫌なんでしょうか。お酒を召しましたかな」

「いつ酒を飲ませてくれた。いや、いつわしが酒を飲みました。お酒を飲んでも飲ま

ないでも、やるべきことはきちんとやるのがわしの流儀だ。それに引きかえ、あなたはなぜ遅くなった。それこそお酒を飲んだのか。いや、奥方にへばりついておられたのか。あなたより若狭之助さんのほうがずっとしっかりお務めですぞ。

いや、あなたの奥方は貞淑な女性だし、お顔もお美しいし、お書きになる文字も立派。せいぜいご自慢をなさいよ。おや、むっとすることはないじゃないか。別に嘘《うそ》をいってるわけじゃないんだから。今日は直義公がお取り込みで、わしも同様に忙しい中へ、女房にすっかりうつつをぬかしたあげく、これはうちの女房の歌でございますだなぞと、よくぞ持ってこられたもんだ。それほど奥さんのことが大切なら、もうここにいらっしゃらなくて結構。

大体あなたのように家の中にばかりいる者を、井戸の中の鮒《ふな》だという喩《たと》えがある。よく聞いておきなさい。その鮒はわずか一メートル四方の井戸の中を唯一の天地だと思い込んで、ふだんは外を見ることもない。ところが恒例の井戸の掃除で釣瓶《つるべ》にすくい取られて上がってきます。それを川に放してやると、なにぶん井戸の中しか知らないやつだから、川が広いのに興奮して取り乱し、うろうろしたあげく鼻が橋脚にぶつかると即座にぴくぴくして死んだとさ。お前さんもちょうどその鮒と同じことさ。ハハハハハハ」

と口から出まかせの悪口雑言に判官はもう怒りを我慢できません。

「これは一体どうしたことだ、師直。あなたは気が狂われたのか。いや、気がおかしくなったのか」

「何をっ、こいつ武士をつかまえて狂人とはなんたる言いぐさだ。わしは幕府の第一人者たる高師直だぞ」

「ううっ、ならば今の悪口雑言は本心から出たんだな」

「くどい、くどい。本心ならどうするんだ」

「おお、こうしてやる」

と塩冶判官は抜き打ちに真っ向から斬りつけ、眉間《みけん》に大きな傷を受けた師直は思わず屈《かが》んで身をかわします。

烏帽子の先が二つに割れた相手に判官がなおも斬りかけて、師直はその刃をかいくぐって逃げまわる最中に、次の間に控えていた本蔵が駆け寄って判官を制止。

「これ、判官様、短気なことをなさいますな」

と背後から抱き止めた隙《すき》に、師直はぶざまにこけたり転んだりしながら逃げて行きました。

「おのれ師直、真っ二つにしてやる。放せっ、本蔵。放してくれっ」

二人が揉《も》み合ううちに御殿にいた大名や小名を始め家来の武士もたちまち騒ぎだし、塩冶判官を取り押さえて刀をもぎ取ったり、師直を介抱したりと、さまざまに立ち騒いで大混乱に陥りました。

この騒動で御殿は表門も裏門も閉じられて、門の中には提灯がちらちらして見えます。早野勘平はうろたえた目つきで駆け戻ると、裏門を打ち砕かんばかりの勢いで叩きながら大声で呼びかけます。

「塩冶判官の家来、早野勘平。主人の安否が気がかりです。どうぞここを開けてください。早く、早く」

すると門の中からも大声で、

「御用があるなら表へ回れ。ここは裏門だ」

「なるほど、裏門なのは承知だが、表門のほうは馬で急いで駆けつけた大勢の家来たちでごった返して傍《そば》へ近づくこともできんのだ。喧嘩《けんか》の様子はどうだ、どうなったんだ」

「喧嘩の一件は片づいた。幕府の第一人者たる高師直様に無礼を働いた罪で、塩冶判官は閉門を命じられ、網をかぶせた駕籠乗物でたった今帰られた」

「ああ、しまった……すぐにお屋敷へ」

と勘平は駆けだそうとし、

「いやいや、閉門とあっては、屋敷に戻っても中へ入れんぞ」

と行ったり来たりして考え込んでいる最中に、道ではぐれたお軽がようやく姿を現します。

「ああ、勘平さん、事情は残らず聞いたわ。どうしよう、わたしたちどうすればいいの」

勘平はすがりついて泣くお軽の体を手荒く突き飛ばして、

「ええ、めそめそした泣き顔を見せるな。勘平は武士の面目を喪《うしな》った。もうこれまでだっ」

と刀の柄に手をかけます。

「ああ、待って、勘平さん、うろたえちゃ駄目よ」

「おお、うろたえるとも。これでうろたえずにいられるもんか。ご主人が命がけの一大事の場に居合わさず、おまけに囚人同然の網駕籠に乗せられて、お屋敷は閉門になったというのに、その家来は情事に耽《ふけ》ってお供から外れていたというんだからなあ。そんな真似をして、武士らしく刀を差して人前に出られるもんか。ここを放せっ」

「まあ、まあ、待ってちょうだい。あなたがいうのはもっともよ、当然だわ。でもそんなうろたえ武士にしたのは誰？　みんなわたしの気持ちから起きたことじゃないの。死んで解決するのが正しいなら、あなたよりわたしのほうがもっと先に死ななくちゃならないのよ。

それに今ここであなたが死んだら、誰が立派な侍だといって賞めてくれるかしら。そこんとこをしっかり考えて、ひとまずわたしの実家に来てちょうだいな。うちはお父さんもお母さんも、田舎《いなか》もんだけど、頼もしい人たちなのよ。もうこうなる運命だったんだと思って、女房のいうことを聞いてちょうだい、ねえ、勘平さん」

お軽がわあっとばかりに泣きだせば、

「ああ、それはそうだ、もっともだ。お前は新参者だから詳しいことは知るまいが、塩冶家のご家老大星由良之助《おおぼしゆらのすけ》様はまだ国元からお帰りにならない。そのお帰りを待って、お詫びをすることにしよう。さあ、一刻でも早く、急ごう」

二人が急いで身じたくをしているところへ、鷺坂伴内が家来を引き連れて駆けだしてきます。

「やい、勘平。お前の主人の判官は師直様へ無礼を働き、かすり傷を負わせた罪によって屋敷は閉門になったぞ。判官の首もすぐに飛ぶのは必至だ。さあ、お前も腕を後ろに回せ。連れ帰ってなぶり斬りにしてやるから覚悟しろ」

と騒ぎたてれば、

「やあ、鷺坂伴内、いいところにやってきた。お前一羽じゃ物足りないが、勘平の細腕とはいえ鍛錬した武芸のお手並みを拝ませてやる」

「ええ、つべこべぬかすな、家来ども」

「かしこまりました」

と双方から伴内の家来が「捕えた」と飛びかかってくるのを、勘平は「さあ、来い」と巧みにすり抜けて両手で家来たちの両腕をねじ上げながら、ポンポンと蹴り返します。入れ替わって次に斬り込んで来た家来の切っ先は鞘でがっちり受け止め、横から回り込んで来たのは刀の柄と鞘の末端でのけぞらせます。

四人の家来がいっしょに斬りかかると、左右で同時に素早く田楽豆腐を裏返すようにバタバタと打ち倒されてしまい、皆がちりぢりに逃げて行ったあとに一人残った伴内は焦って自ら斬ってかかります。勘平はその刀を避けながら伴内の首根っこをつかまえて、大地へドスンとひっくり返し、足でしっかりと踏みつけました。

「さあ、これでどうしようがこっちのもんだ。突こうか、斬ろうか、なぶり殺しにしてやろうか」

と刀を振りあげる手にすがって、

「ああ、ちょっと待って。そいつを殺したら、お詫びをする時の邪魔になりそうだわ。もう、いいじゃない」

お軽が勘平を止めている隙に、足の下からこそこそと這《は》いだすのは尻《しり》に尾がない鷺と同じで、素早い逃げ足にも事欠く鷺坂伴内は命からがら逃げて行きました。

「ああ、残念だが仕方がない。やつを殺せばご主人に不利を重ねてしまうことになる。ここはひとまず夫婦で身を隠し、機会を待ってお許しを願ってみよう」

もはや夜明けの六時頃でしょうか、東の方《かた》が白んで横雲がかかったあたりに、ねぐらを離れた烏が二羽カアカアと飛んで行くのもまた夫婦連れかと見えます。

勘平とお軽の夫婦は道を急ぎながら後ろ髪を引かれる思いで、ご主人の身は一体どうなるのかと心配されるのも、この世では当然のことでございました。

第四　あの世へ捧げる忠誠心（判官切腹）

塩冶《えんや》判官《はんがん》が閉門の刑に服したことで、鎌倉の扇谷《おうぎがやつ》にある上屋敷では大竹を打って門戸が閉じられ、家来のほかは人の出入りを禁じられた厳しい事態と見受けられます。

しかし、こういう時でも屋敷の奥は意外に華やかで、女たちが優雅な遊びをしておりました。奥方顔世《かおよ》御前のお側には大星力弥《おおぼしりきや》も控え、殿様のお気持ちを慰めようと、鎌倉山の八重桜や九重桜など種々の桜が花籠《はなかご》に活《い》けられています。それらの花や紅葉《もみじ》に優《まさ》って美しいのは、花を活ける顔世御前その人でございました。

柳の間の廊下を伝ってそこにやって来たのは侍《さむらい》頭《がしら》の原郷右衛門《ごうえもん》。後ろに続くのは斧九太夫《おのくだゆう》です。

「おお、これは力弥君、早くからお勤めだなあ」

と郷右衛門。

「いえ、わたくしは親が領国から戻ってくるまで、昼夜を通してお側にいることにしておりますので」

「それは立派なお心がけだ」

といいながら郷右衛門は奥方の前に両手を突きました。

「今日の殿のご機嫌は、いかがでございますか?」

「おお、二人ともご苦労です。今度のことでは判官様もお気詰まりで、ご病気にでもなられないかと心配したのは的外れ。朝晩は庭で築山《つきやま》の花盛りをご覧になるなどしてご機嫌なお顔。それだからわたしもお気晴らしに差しあげようと、有名な桜をいろいろ取り寄せて、ご覧の通り活けてみましたのよ」

「ああ、いかにもおっしゃる通り、花は開くものですから、いずれは屋敷の門も開いて閉門の罪が許されるという、めでたいご趣向ですなあ。私も何かと考えましたが、郷右衛門はこうしたことを思いつくのが苦手でして……いや、まず肝腎《かんじん》の話を申しあげなくては。

　今日は幕府のお使いがおいでになると伺っておりますが、それもきっと殿の閉門をお許しになるお使いでございましょう。どうです、九太夫さんもそう思われませんか？」

「ハハハハ、これこれ郷右衛門さん、この花というものも、しばらくの間は人の目を喜ばせても、風が吹けばたちまち散り失《う》せてしまう。大方あなたの言葉もそんなところじゃ。人を喜ばそうとして、武士らしくもない、のらりくらりしたいい方でごまかしているが、それはあとからすぐに嘘《うそ》とばれる体《てい》のいいお世辞に過ぎん。

　なぜかといえば、今度の殿の過ちは、おもてなしのお役目を命じられながら、足利幕府の執事という最高権力者に手傷を負わせて御殿を騒がせた罪。軽くても流刑《るけい》、重ければ切腹。そもそも師直《もろなお》公を敵に回したのは殿の不注意というもんだ」

　こうした九太夫のいい分を郷右衛門は最後まで聞いていられず、

「そんなら君は殿の流刑や切腹を望まれるのか」

「いや、望むわけではないが、言葉を飾らずに真実を申したまでじゃ。元はといえば郷右衛門さん、あんたがケチでしみったれだから起きたことだ。金で相手を懐柔すれば、こんなことにはならなかったさ」

九太夫が自分の心に照らしてこういいますと、郷右衛門は相手の欲深い顔を打ち消すようにして、

「人に媚《こ》びへつらうのは侍ではないっ、武士ではないぞ。なあ、力弥君、そう思わんか」

双方の言葉に角が立ってきたので奥方はなだめるようにいいました。

「二人とも争うのはおよしなさい。今度のことで判官様が苦しまれるのも、元はといえば、この顔世のせいなんです。いつだったか、鶴岡《つるがおか》でのおもてなしの際に、人の道をわきまえない師直は、夫のあるわたしに無法な恋をしかけてさまざまに口説いたんですよ。

それで相手がもうこりごりするような恥をかかせてやろうと思い、判官様にも知らせず、歌の添削にかこつけて小夜衣《さよごろも》の歌を書いて辱めてやったから、自分の恋が実らなかった仕返しに、判官様へ悪口雑言を浴びせたんでしょうよ。判官様は生まれつき

短気なお方だから、我慢なされなかったのは無理もないんじゃないのかしら」

奥方がこうした事情を語られると、郷右衛門も力弥も共にご主人の憤りをお察し申しあげ、遺憾の意を顔に表さずにはいられません。

玄関や広間では早くも幕府のお使いがお越しになったとざわついていて、奥へそのことを知らせましたので、奥方は上座からおりて、九太夫と郷右衛門と三人でお出迎えを致します。

間もなく入って来たお使いは石堂右馬之丞《いしどううまのじょう》と、師直と近しい関係にある薬師寺次郎左衛門《やくしじじろうざえもん》でした。

「役目だから遠慮なく通りますぞ」

と二人が会釈もしないで上座に着けば、奥の部屋から塩冶判官がしずしずと出て参ります。

「これは、これは。石堂さん、お上《かみ》のお使いご苦労様です。まずお酒の用意をせい。お使いのご用件を承ったら、皆様と一献酌み交わして憂さ晴らしを致しましょう」

「おお、それはよかろう。この薬師寺もお相手をしよう。しかし、お上のご命令を聞かれたら、酒も喉《のど》を通るまい」

と薬師寺が嘲笑《ちょうしょう》すれば、右馬之丞はすぐに言葉を改めました。

「われわれが今日お上の使いでここに来た趣旨を十分に理解されよ」

と懐中から書類を取りだして中を開けば、判官も居ずまいを正してその言葉を承ります。

「このたび塩冶判官高定《たかさだ》は、私情による怨恨《えんこん》から幕府執事の高師直《こうのもろなお》を刃物で傷つけ、御殿を騒がした罪によって領地を没収し、切腹を申しつけるものである」

これを聞くなりハッと驚く奥方。列座した家臣らも顔を見合わせて呆然《ぼうぜん》とするばかりでした。

判官は動揺した様子もなく、

「お上のご趣旨は委細承知を致しました。さて、これからは皆様のご苦労休めに、ゆっくりとくつろいでお酒を一つ」

「これこれ判官、お黙んなさい。今度の罪は縛り首にもなるはずのところを、お上のお情けで切腹が命じられたのをありがたく思って、すぐにその準備をすべきではないか。特に切腹には定まった作法があるもの。それなのに一体どうしたことだ。今どき流行《はや》りの長羽織をぞろっと着ておられるのは酒の座興か、それとも血迷ったのか。お上のお使いで来た石堂氏とこの薬師寺に対して失礼だろう」

薬師寺が叱《しか》りつけるようにいうと、判官はにっこりと笑って、

「この判官、座興もせず、血迷ったりもしません。本日お使いがいらっしゃると聞いた時から、こうなることは予期しておりましたので、事前に準備した覚悟のほどをお見せしましょう」

と腰に差した大小の刀を取り、羽織を脱ぎ捨てると、下には白小袖《こそで》に無紋の裃《かみしも》という死装束が用意してありました。皆々が、ああ、これは……と驚いて、薬師寺はさすがに一言もなくふくれっつらで閉口しております。

右馬之丞は判官の側に寄ってこういいました。

「ご心中お察し申しあげる。まさしくわたしが切腹の見届け役ですから、どうか心静かに覚悟をなさってください」

「ああ、ご親切なお言葉痛み入ります。刃傷沙汰《にんじょうざた》を起こしてしまった時からこうなるのは覚悟の上。ただ恨みに思うのは、御殿で加古川本蔵《かこがわほんぞう》に抱き止められて、師直を討ち損なったこと。その無念は骨の髄まで浸《し》み通って忘れられません。湊川《みなとがわ》の合戦で楠木正成《のきまさしげ》が討ち死にした際、人は最期の一念が死後に留《とど》まって生まれ変わるといい残したように、わたくしも死んではまた生まれ変わって、この鬱憤《うっぷん》を晴らしましょうぞ」

この怒りの声と同時に次の間では家臣らが襖《ふすま》を強く叩《たた》き、

「家来一同、殿がご存命のうちにお顔を拝見したく、お側へ参りたい。どうか郷右衛門さん、お取り次ぎを」

口々にいう声が聞こえて、郷右衛門は判官に伺います。

「いかが致しましょう？」

「ふむ、もっともな願いだが、由良之助《ゆらのすけ》が来るまでは、ならん、ならん」

郷右衛門はハッと承って次の間に向かい、

「殿はお聞きになった通りのご意志だから、一人もお目にかかることはできん」

家臣らは返す言葉もなく、次の間はひっそりと静まり返っております。

力弥は判官のいいつけで、すでに用意してある切腹用の短刀を前に置くと、判官は心静かに肩衣《かたぎぬ》を外して、ゆったりと座り直しました。

「どうかお使いの方、お見届けくださるがよい」

と三方の台を手元に引き寄せ、九寸五分（三十センチほど）の短刀をうやうやしく持ちあげて、

「力弥、力弥」

「はあ」

「由良之助はまだか」

「いまだ参上致しません」

「うーん。ええ、生きているうちに対面できなくて残念。ああ、心残りが多いが、やむを得ん、これまでだ」

と短刀を逆手に取り直し、左の脇腹《わきばら》に突き立てて引き回します。

奥方はその無惨な姿を二目と見られず、口に念仏を唱え、眼《め》には涙を浮かべております。

その時、廊下の襖を蹴破《けやぶ》って駆け込んできた大星由良之助。主人のありさまを見るなりハッとして、その場にバタッと身を伏せました。あとに続いて千崎《せんざき》、矢間《やざま》、そのほか家臣一同がバラバラッとなだれ込みます。

「やあ、由良之助か。待ちかねたぞ」

と判官がいえば、

「ははあ。ご存命のうちにお顔を拝見できて、わたくしはどんなにか……」

「おお、俺も満足だ。きっと詳しい話も聞いてはおるだろうが、ああ、無念だ。悔しいぞ」

「すべて、承知しております。この期に及んで申しあげる言葉もございません。ただ潔いご最期を願いあげたく存じます」

「おお、いうまでもない」

判官は短刀に両手をかけてぐぐっと引き回し、苦しい息をほっとついて、

「由良之助、この九寸五分の短刀はお前への形見だ。俺の鬱憤を晴らしてくれ」

というなり切っ先で喉笛をはね上げるように切って、血のついた刀を前に投げだし、うつ伏せにどっと倒れて息絶えました。

奥方を始め列座する家臣がみな眼を閉じて息をつめ、歯を喰《く》いしばって控えるなかで、由良之助は判官の側へにじり寄って短刀を取りあげると、それをうやうやしく持ちあげて、血に染まった切っ先をじいっと見守り、こぶしを握りしめて無念の涙をはらはらとこぼしました。その姿はまるで判官の最期の言葉が内臓にまで浸み通ったかのよう。果たして今の乱れた世の中に、大星が心正しき忠臣としての名を高めたきっかけは、ここに生まれたのだと知れました。

薬師寺はさっと立ちあがって、

「判官が死んでしまったからには、すぐに屋敷を明け渡せ」

「やあ、そうはおっしゃるな、薬師寺さん。いわば一国一城のあるじではないか。いや、あなた方は葬儀を済ませて、心静かに立《た》ち退《の》きなさい。この石堂はお使いとして切腹を見届けたので、この旨をお上に報告します。なあ、由良之助さん、ご愁傷のほどはお察ししますぞ。何か用事があれば承ろう。決して遠慮はなさるな」

と石堂は列座する家臣に目礼し、悠々と帰って行きました。

片やもう一人のお使いは、

「この薬師寺も死骸《しがい》を片づける間、奥の部屋でひと休みとしよう。家来、来い」

と呼びつけてこう命じます。

「屋敷にある家臣どものガラクタ同然の武具はみな門前へ放りだしてしまえ。判官が持っていた武具は、急に浪人となったこいつらに持っていかれないよう注意しろ」

薬師寺が屋敷の四方を睨《にら》み回して奥の部屋に入って行くと、途端に奥方がわあっと泣き声をあげます。

「それにしても、武士の身の上ほど悲しいものがあるでしょうか。今も夫の最期にいいたいことは山ほどあったのに、未練なやつだとお使いの方に嗤《わら》われるのが恥ずかしいから、今まで我慢しておりました。ああ、おいたわしいお姿になってしまわれた」

と遺骸に抱きつき、もう何もかもわからなくなったように泣き崩れてしまわれました。

「力弥、来い。お前は奥方とごいっしょに、亡きご主人の遺骸を菩提所《ぼだいしょ》の光明寺《こうみょうじ》へすぐにお送りせよ。由良之助もあとから追いついて葬儀を執り行う。堀、矢間、小寺《こでら》、間《はざま》そのほかの家臣は沿道の警備をされよ」

由良之助の指示により、駕籠《かご》乗物が手で担ぎ込まれて下に置かれました。その戸を開けて皆が側に集まり、涙と共にご遺体をお乗せ申しあげます。乗物が静かに担ぎ上げられると、また奥方がわれを喪《うしな》って泣かれるのを慰めながら、家臣の面々は皆われ先に乗物の側へ寄り添うようにして菩提所へと急ぎます。

主人のご遺体を見送った家臣たちが席に着いたところで、斧九太夫が口を開きました。

「なあ、大星さん。あんたは父上の八幡六郎《はちまんろくろう》殿の代からの家老職じゃ。わしとても、その上席にはあったが、今日より浪人となったからには妻子を養う手だてもない。こうなれば殿が貯《たくわ》え置かれた公用金を分配し、早く屋敷を明け渡さないと薬師寺氏に対して失礼だろう」

「いや、この千崎が思いますには、目指す敵《かたき》の高師直がまだこの世に生きているのでは、われらの恨みが晴らせません。いっそこの屋敷に幕府の軍勢を迎えて、ここで潔く討ち死にをしては……」

「ああ、これこれ、何をいうんだ。討ち死にとはまずい判断。やはり親父《おやじ》の九太夫がいう通り、屋敷を明け渡して金を分配するのが賢明だぞ」

などと会議をしているなかで、由良之助は黙って考え込んでおりましたが、

「ただいまの話し合いを聞いていて、千崎弥五郎《やごろう》の考えと自分の胸中が一致した。本来なら亡き主人のために、われわれは殉死をすべきはず。それなら何もせずに腹を切るより、足利幕府の軍勢を待ち受けて、ここで討ち死にをすればよいと今はっきり決心がついた」

「やあ、なんということを。いい話し合いになるかと思えば、浪人がやせ我慢の意地を張って足利氏に敵対するとは。ああ、それは無謀というもんだ。とにかく、この九太夫は納得できん」

「おお、親父さん、そうだ、そうだ。この定九郎《さだくろう》もさっぱり理解ができん。この会議から外してもらおう。もう長居をしても無駄なことだ。父上、帰りましょう」

「ああ、それがよかろう。どなたもゆっくりここにいらっしゃいな」

と斧九太夫、定九郎親子は連れ立って先に帰って行きました。

「ああ、なんて欲の皮が突っ張った斧親子だ。討ち死にと聞いて怖《お》じ気《け》づき、逃げ帰った臆病《おくびょう》者めが。大星さん、やつらに構わず、幕府の軍勢を迎え討つご準備をどうぞ」

「ああ、騒ぎたてるな、弥五郎。われらは一体どんな恨みがあって足利家に敵対しなくてはならんのだ。今の話はあの親子の本心を探るための計略。薬師寺に屋敷を明け渡したあとは、それぞれ思い思いにここを離れて京都の山科（やましな）で再会し、その時にこそ胸中を残らず打ち明けて会議をまとめるとしよう」

由良之助がいい終わる間もなく、薬師寺次郎左衛門が奥の部屋から出てきて怒鳴りつけます。

「ええ、だらだらと長ったらしい会議だなあ。死骸を片づけたら、さっさと屋敷を明け渡せ」

これに郷右衛門が応じました。

「ああ、確かにお待ちかねでございましたなあ。亡き殿が所持された槍《やり》、そのほかの武具や馬具までしっかりとお調べになってお受け取りください。さあ、由良之助さん、退散しましょう」

「おお、承知した」

と由良之助は静かに立ちあがり、

「塩冶家のご先祖代々、われわれ家来も代々で昼夜勤めていた屋敷の中は、今日が見納めかと思えば……」

なごり惜しそうに振り返り見ながら門の外へ出ておりました。するとそこに判官のご遺体を寺へお送りした力弥、矢間、堀、小寺らが次々と駆け戻って、

「それではもう屋敷をお明け渡しなさったのか。こうなったからには、ここで直義《ただよし》の軍勢を迎えて討ち死にしよう」

と勢い込んでいます。

「いやいや、今は死ぬべきところではない。あなた方、これをよく見なさい」

由良之助はそういって亡き主人の形見である短刀をすらりと抜きました。

「この切っ先からは、われらが主人の血潮《ちしお》が滴《したた》っていたのだ。無念の魂を残された九寸五分の短刀。この刀で師直の首を掻《か》き切って、本望を遂げるぞ」

この力強い言葉には家臣一同が実にもっともだと奮起します。

いっぽう屋敷の中では薬師寺次郎左衛門が門の閂《かんぬき》をガタンと勢いよく閉めさせました。

「見ろ、師直公の罰が当たって、まあ、いい気味だ、いい気味だ」

これで薬師寺の家来が一斉に手を叩き、どっと笑った声はまさに勝《か》ち鬨《どき》のようです。

「あれを聞いては、とても」

と若侍が憤慨して引き返そうとするのを由良之助は制止して、

「亡きご主人の無念を晴らそうとする気持ちはないのかっ」

皆はハッとして一斉にその場を離れたものの、あとに残った由良之助は、しかし思えばやはり無念なことだと屋敷を何度も何度も振り返り見て、最後はぎゅうっと睨みつけるようにして立ち去ったのでございます。

第五　恩愛の情を断ちきる二つの銃弾（山崎街道）

鷹《たか》は仮に飢え死にしても、雀《すずめ》のように稲の穂をついばんだりはしないものだという、武士の節操を戒めた言葉があります。早野勘平《はやのかんぺい》もその例に洩《も》れず、浪人をしても次の主人を探して仕えるような真似はしないまま、京都郊外の山崎辺で慎ましくひっそり暮らす月日を重ねていました。

若気の過ちで世渡りする元手にも乏しく、今は細道を伝って山中の鹿《しか》や猿を追い、それを撃ち殺して売る猟師稼業。種子島《たねがしま》に伝来した火縄銃を用意し、着物の袂《たもと》にくるんで持ち歩いておりますが、鉄砲のような凄《すさ》まじい雷雨でその袂もずぶ濡《ぬ》れです。こんな夕立があるこの六月を誰が水無月《みなづき》なんていうのだろうかと思いながら、松の木陰で晴れ間を待ちます。

そこへ向こうから小さな提灯《ちょうちん》を持った者がやって来ました。これも昔は立派な武士だったのでしょう、弓張提灯《ゆみはりぢょうちん》の灯を消すまい濡らすまいとして、合羽《かっぱ》の裾《すそ》で大雨を凌《しの》ぎながら夜道を急いでおります。

「もし、ちょっと、ちょっと」

と勘平はその相手を呼び止めて、

「突然で失礼ですが、火を一つ貸してくださいませんか」

側に近づくと、その旅人も素早く身構えて、

「うむ、この街道は危険と承知しての独り旅だが、見れば飛び道具の鉄砲をひけらかしながら一言脅して決着をつけるという強盗だな。火を貸すことはできん。出直してこい」

勘平がちょっとでも動いたら、こっちは刀で一打ちにしてやるといわんばかりの目つきです。

「いやあ、なるほど。盗賊に見間違われたのは実にごもっとも。わたしはこの辺の猟師ですが、先ほどの大雨で鉄砲の火縄を湿らして大弱りなんです。さあ、鉄砲はそっちへお渡しするので、ご自分で火をつけてお貸しください」

余念がない言葉と顔つきをじっと見ていた旅人は、

「お前は早野勘平じゃないか?」

「そういうお前は千崎弥五郎《せんざきやごろう》か」

「これはこれは、達者だったのか……」

「お前も無事だったか」

会わなくなってから久々の対面とあって、二人は主人の塩冶《えんや》家が没落した無念さを今に想《おも》い出し、互いにこぶしを握って嘆き合いました。

勘平はじっとうつむいて、しばらくは言葉も出ませんでしたが、

「ああ、俺《おれ》は自分がしでかした不始末で、人に合わせる顔がない。昔の同僚の君にも、こうして顔が上げられないざまだ。武士の運に見離されたのか、殿の判官《はんがん》公のお供をした先で、お家の一大事が起きてしまったのはどうしようもない不運だった。その場にも居合わせず、お屋敷へは帰られず、結局いい時機を待ってお詫《わ》びしようとしたが、殿は思いも寄らぬご切腹。しまった、もう駄目だ。これもすべて師直《もろなお》のやつのしわざだが、俺はせめて冥土《めいど》へ逝《い》かれる殿にお供しようと、刀に手をかけはしたもんの、何を手柄にしてお供ができよう、どんな顔をして言い訳をしようかと心を悩ませていた。

ちょうどそこへ、ひそかに様子をお聞きしたところ、由良之助《ゆらのすけ》さん親子や原郷右衛《ごうえ》門《もん》さんを始めとする方々が、亡き殿の鬱憤《うつぷん》を晴らすために何事かを思い立たれて、ときどき集まって相談なさるとの噂《うわさ》。自分とても殿に義絶された身というわけではない。

きっかけを求めて由良さんに対面を果たし、ご計画の誓約書へ共に判を捺《お》させてもらえば、自分には永遠の名誉となる。君とこんな場所で出会ったのも、三千年に一度しか咲かない優曇華《うどんげ》の花が咲くような滅多とない偶然なのだから、どうか僕にも花が咲くように武士の面目を立てさせてくれないか。昔の同僚のよしみだ。武士の情けだと思って、どうかよろしくお願い致します」

と両手を突いて、以前の過ちを後悔しながら男泣きするのは、もっとも至極で哀れというほかありません。

弥五郎も同僚の後悔は理に適《かな》っているとは思いながらも、重大な秘密をやすやすとは明かすまいとして、

「おいおい、勘平。さてさて君は自分の言い訳といっしょくたにして、ご計画だとか、誓約書に判を捺すだとか、とんだふざけたことをいってくれるが、そんな噂はまったくないぞ。自分は由良さんから郷右衛門さんへ急用の使いをしてるんだが、亡きご主人のご墓所に石碑を建立しようという計画はある。しかしわれわれも浪人の身の上で、これこそが塩冶判官のご石塔だと後世の人に噂されるんだから立派なものを建てなくちゃいかんわけだし、それでは基金を募集しようじゃないかとなって、そのお使いなんだ。亡きご主人のご恩を慕う人を選びだすためにも、わざと大事な秘密は明かされ

ん。お前が亡きご主人のご恩を慕うというのであれば、なあ勘平、わかるだろう、なあ」

と石碑の建立になぞらえて大星《おおぼし》の計画をそれとなく知らせたのは、まことに同僚のよしみというものでした。

「ああ、ありがたい、弥五郎君。なるほど石碑の建立を口実に、軍資金作りをしていることはとっくに聞いていて、自分もなんとかして資金を調達し、それを力にお詫びをしようとあれこれ思い悩んでいたが、弥五郎君、恥ずかしいことに、ご主人の罰が当たって今のこのざまだ。誰にこうこうと打ち明けて、金のことを頼めるような相手もいない。

しかし軽《かる》の父親の与市兵衛《よいちべえ》という男はなかなか頼もしい農民だ。われわれ夫婦が判官公への務めを怠ったのは嘆かわしいと悔やんでおり、なんとかして元の武士に戻れといって爺婆《じじばば》ともども嘆き哀《かな》しんでいる。これを幸い、あなたと会った話をして、事情を詳しく語った上で元の武士に戻るといい聞かせたら、わずかな田圃《たんぼ》もわが子のために手放すのを、どうして嫌だなんていえるだろうか。その資金を手がかりに、何とぞ郷右衛門さんまでお取り次ぎを願いたい。ひとえにお頼み申しあげる」

異議を挟む余地のない勘平の言葉に弥五郎は、

「うん、なるほど。ならば、これから郷右衛門さんのところまで行ってその事情を話し、由良さんへお願いをしてみよう。明後日には必ず返事をする。郷右衛門さんの宿泊先の住所を書いたのがこれだ」

と渡せば勘平はそれを大切に捧《ささ》げ持って、

「重ね重ねのお世話ありがたい。なんとかすぐにも資金を調達して、明後日にお目にかかりましょう。わたしの住みかをお尋《たず》ねになる際は、この山崎の渡し場を左に行って、与市兵衛方とおっしゃればすぐにわかるはずです。夜が更けないうちに早くおいでなさい。これ、この先は一段と物騒な場所だから、決して油断されるな」

「わかった、わかった。石碑建立を成し遂げるまでは、蚤《のみ》にも喰《く》われんよう大切《だいじ》にしなくちゃならんこの体だ。君も達者でなあ。軍資金の便りを待ってるぞ。さらばだ」

「さらば」

と二人は両方へ分かれて道を急ぎました。

またもや降ってきて雨脚が激しくなるなか、とぼとぼと人の歩く足音がして、道は真っ暗闇《くらやみ》でも迷わないのに、わが子を愛する心の闇には迷いながら、それでも杖《つえ》を突いて歩いている老人は、その杖のようにまっすぐな心の持ち主です。

道は一本道で後ろから、

「おーい、おーい、親爺《おやじ》さん。いい道連れだぞォ」

と呼びかけながらやって来るのは斧九太夫《おのくだゆう》の息子定九郎《さだくろう》でした。

塩冶家の断絶以降は身の振り方もわからず盗賊になり、この街道で夜に強盗を働くため、幅広の刀を目立たせぬよう、腰から下へ縦に差しております。

「さっきから呼んでる声が貴様の耳には入らんのか。この物騒な街道を、いい年をして大胆なやつだ。俺が道連れになってやろう」

と前方に回り込んで、眼をぎょろつかせるから与市兵衛はぞっとしましたが、そこはさすがに老人で、

「これはこれは、お若いに似合わず感心なお方やなあ。わしもええ年をして独り旅は嫌なんやが、さあ、どこの田舎《いなか》でも金ほど大切《だいじ》なもんはないんかして、去年は年貢が納められず、この間から親類中の田舎へ借金を頼みに行っても、これまたびた一文都合がつかず、居ても役に立たん場所には長居もできず、すごすご一人で戻って来た帰り道……」

と半分までもいわせずに、

「えいっ、やかましい。お前さんが年貢を納められん。そんな相談を聞かされに来たんじゃねえや。これ親爺さん、俺がいうことをしっかり聞いとくれよ。まあ、こうだ。

お前の懐には金なら四、五十両のかさが縞《しま》の財布に入ってあるのを、俺はしっかり見届けてあとをつけて来たんだぜ。それを貸してくださいな。男が手を合わせて頼むんだ。

きっとお前のほうにも何か金に困るような、わが子がまずいことになったというような、世間にありがちな不幸に参ってたりもするんだろうが、けど俺が見込んだからには、ああ、もうしょうがないと諦《あきら》めて、貸してくださいよ、くださいよ」

と懐へ手を差し込んで引きずりだす縞の財布。

「ああ、もし、それは」

「それはとはなんだっ。これほどしっかりここにあるじゃねえか」

と引ったくる手にすがりつき、

「いやいや、この財布はさっき通った村で草鞋《わらじ》を買おうとして小銭を出しましたが、あとに残っているのは昼食の握り飯と、暑気あたりで腹をこわさぬように娘が持たせてくれた和中散《わちゆうさん》や反魂丹《はんごんたん》の薬でございます。どうかお許しになってくださいまし」

今度は与市兵衛が財布を引ったくって逃げようとすると、定九郎が先回りして、

「ええ、聞き分けがねえなあ。惨《むご》い手を使うのが嫌さに、やさしくいえばつけあがりやがって。さあ、その金をここへ投げだせ。遅いとたった一打ちだぞ」

と二尺八寸（約八十五センチ）もある長い刀を真正面から振りかぶって、与市兵衛が「ああ、悲しいよ」と嘆く間もなく、真竹をすぱっと縦割りにするように斬《き》り下げました。が、刀の回り具合か手の回り具合か、与市兵衛は外れた刀身を両手でしっかりつかんでしがみつき、

「お前さんはどうしてもわしを殺す気なんやな」

「おお、知れたことだ。金があるのを見抜いてする仕事さ。ぶつぶついわずにさっさとくたばれ」

と定九郎が胸元に刀を突きつければ、

「ま、ま、ま、ま、まあ待ってくださいませ。ああ、仕方がない。なるほど、確かにこれは金でございます。けれどこの金は、わたしにたった一人の娘がございまして、その娘が命にも代えられないほど大切に思う男がございます。その男のために要《い》る金なんですよ。

ちょっと理由があって浪人してますが、娘が申しますには、あの人が浪人したのも因《もと》はわたしのせいだから、ああ、なんとかして元の武士に戻して差しあげたいと、女房とわしへ毎晩の頼み事。ああ、わしは貧乏でございますし、どうにも金策のしようがなく、婆《ばあ》さんといろいろ相談をして、娘にも納得させ、婿には決して知らせるなと

示し合わせて、本当に本当に、親子三人が血の涙を流す思いで調えた金なんですよ。それをあなたに盗《と》られたら、娘は一体どうなりましょう。

コレ、拝みます。助けてくださいませ。あなたもお侍が落ちぶれ果てた身の上なんやろが、武士は互いに助け合うもんでしょうが。この金がないと、娘も婿も人前に顔が出されません。たった一人の娘に連れ添う婿なんですから、可哀想でもあり、可愛くもございます。どうかそこをわかって、お助けになってくださいませ。ええ、あなたはお若いからまだお子様もあるまいが、いずれお子をお持ちになれば、この親爺がいいやがったのはもっともだとわかるでしょうから、そう思ってこの場を助けてやってくださいませ。もう、ここから一里（約四キロ）も行けばわたしの村。金を婿に渡してから殺されましょ。どうぞ、どうぞ、わしは娘が喜ぶ顔を見てから死にとうございます。これ、どうか……ああ、だれか来て、だれか、だれか」

と叫んでも声はあてどなく響いて遠くへは届かず、山の神のこだまに哀れを催すばかりです。

「おお、悲しいこった。もっと泣き叫ぶがいいぜ。やい、老いぼれめ。その金で俺が出世すりゃァ、そのおかげでお前の息子も出世するんだぞ。人に情けをかけたら悪くはならねえのになあ。ああ、可哀想に」

と定九郎がぐっと刀を突けば、与市兵衛はうんと唸《うな》り声をあげ、手足をもがいて転げ回ります。のたうち回る体を定九郎は脚の脛《すね》で蹴ってひっくり返し、

「おお、可哀想になあ。痛いだろうが、俺はお前に恨みなんかねえんだぜ。金があるからこそ殺すが、なければなんにもしねえのさ。要は金が敵《かたき》なんだよ。可哀想に、南《な》無阿弥陀《むあみだ》か、南無妙法蓮華経《なむみょうほうれんげきょう》か知らんが、どっちへなりと消え失《う》せろ」

与市兵衛の体から刀も抜かずにそのまま串刺《くしざ》しでえぐれば、あたりの草葉も真っ赤に染まり、夜明けでたちまち消えてしまう露のように、年も六十四の男は四苦八苦しながら敢《あ》えなく息絶えてしまいました。

定九郎はしてやったりと例の財布を取りだして、暗がりの中で小判の端をつかんで数えると、

「ひゃっ、五十両。ああ、久しぶりのご対面だ。ありがてえ」

と首に財布の紐《ひも》を引っかけて、死骸《しがい》をまっすぐに谷底へ蹴落とします。死骸は泥まみれになってそのハネが自分に降りかかるとも知らずに立っている後ろから、傷を負った猪《いのしし》が一目散にやって来ました。

こりゃ堪《たま》らんと身をかわせば、駆けて来た猪はそのまま一直線に突っ走って、木の根や岩角を踏みしめ、蹴散らし、鼻をふくらませて泥も草木もひとっ飛びに跳んで行

きます。

ああ、危なかったと見送る定九郎の背骨から肋《あばら》にかけて、ズドンと一発で抜けた二つの銃弾。ウンともギャッとも声をあげる間もなく、火薬で黒焦げになって死んだのは痛快でした。

猪を撃ち止めたと思い込んだ勘平は、鉄砲を引っさげてあちこちを探し回り、やっぱりこれかと獲物を引き起こすと猪ではなく、

「やあ、これは人だ。しまった、撃ち損じたか」

とは思っても、あたりは何も見えない真っ暗闇で、誰なのか尋ねることもできません。

まだ息があるかと抱き起こせば、手に当たる財布。つかんでみると四、五十両。これぞ天が与えてくれた金とばかりに捧げ持ち、勘平は猪よりも速く一目散に飛ぶような勢いで、急ぎこの場を立ち去りました。

第六　財布による連名加入（与市兵衛宅）

御崎《みさき》踊りが大盛りあがりだから、爺《じい》さん表に出てごらん、婆《ばあ》さん連れて、婆さん連れて。爺さん出てごらん、婆さん連れて……と、麦を棒で叩《たた》きながらの民謡が聞こえて参ります。

ここは田舎《いなか》でも有名な大山崎とも呼ばれる土地に似合わぬ小さな農家を営む、与市《よいち》兵衛《べえ》の貧しい住居がございました。今は浪人の早野《はやの》勘平《かんぺい》が、世間から隠れるようにしてここで暮らしております。

女房のお軽《かる》は寝乱れた髪を直そうと櫛箱《くしばこ》を開け、明け方になっても戻って来ない夫を待ち遠しく思いながら髪を解きました。投げ島田という流行の髪型に結おうにも、いうにいえない身の上を誰に打ち明けようかと思い悩みつつ、水に浸《つ》けた黄楊《つげ》の櫛で何度も梳《す》いて髪のつやを出し、上品にきちんとまとめあげた様子は、田舎に置いておくには惜しいような姿でございます。

母親もすでに杖《つえ》を突いて歩くような年齢で、野道をとぼとぼ帰って参りますと、

「おや、お前、髪を結うたんやなあ。きれいによう仕上がってるよ。いや、もう、村はどこもかしこも麦の穫《と》り入れ時分で忙しい。今も藪《やぶ》の近くで若い衆が麦打ち歌に、爺さん表に出てごらん、婆さん連れて、と歌うのを聞いて、うちの親父《おやじ》さんの遅いのが気になったから、村の入り口まで行ってみたんやが、影も形も見えず無駄足やった」

「そうねえ。まあ、どうしてこうも帰りが遅いんだろ。わたし、ひとっ走りして見てこようかしら」

「いや、およし。若い女は独り歩きするもんやない。ことにお前は小さい時から村を歩くのさえ嫌いやったやないか。それで塩冶《えんや》様のお屋敷へお勤めをさせたのに、どうしても草深い田舎に縁があるんかして、またこっちへ戻って来たが、勘平さんと二人でいたら、嫌な顔ひとつせえへんのやなあ」

「あら、母さん、そりゃわかりきったことじゃない。好きな男といっしょになったら、田舎暮らしはおろか貧しい生活でも苦にならないのよ。やがてお盆になれば、父ちゃん出てごらん、母ちゃん連れて、母ちゃん連れて、という歌の文句通り、勘平さんとたった二人で踊りを見に行かなくっちゃ。あなたも若い頃に覚えがあるでしょ」

と親子の間でも色っぽい話を遠慮しないガラガラ娘は気分もうきうきして見えまし

た。

「いくらそのように面白おかしゅう話してても、心の中はなあ……」

「いいえ、もう気持ちの整理はついてるのよ。夫のために祇園《ぎおん》町へ遊女勤めに行くのは以前から覚悟してたんだけど、年取ってから父さんが今度のことでいろいろ苦労して世話してくださるのが、なんだか申しわけがないようで」

「そないにいわんといてくれ。身分こそ低いけど、お前の兄さんも塩冶様のご家来なんやから、こっちもまったく縁のないお世話をするようなことやないんやで」

と親子が話している最中に、村の真ん中を貫く通りに駕籠《かご》を担がせて急いでやって来るのは祇園町の一文字屋《いちもんじや》。「ここや、ここや」と門口から「与市兵衛さんはうちにおいでか？」といいながら家の中に入って来ます。

「これは、まあ、まあ、遠いとこへ。さあ娘、たばこ盆を出して、お茶を差しあげて」

と親子は箒《ほうき》と間違えて木槌《きづち》で座敷を掃くような慌てぶりですが、遊女屋の主人のほうは、

「さて昨晩《ゆうべ》はこちらの親父さんもえらいご苦労やったが、無事に戻られましたか？」

「ええっ。そんならうちの親父さんといっしょにお越しになったんやないんですか。

これは驚いた。おたくに行ってから今までずっと」

「ややっ、戻ってけえへんのか。それは奇妙やなあ。ははあ、もしかしたら伏見稲荷《ふしみいなり》の前をぶらついて、あそこのお狐様に化かされたりしたんと違いますか。ほれ、こないだここへ見に来て決めた通り、娘さんの勤めは期間を丸五年にして、給金は金百両ということで契約はさっぱりと成立や。

　こちらの親父さんがいわはるには、今夜中に渡さなあかん金があるんで、今晩契約書を認《したた》めて、百両のお金を貸してくださいと涙をこぼして頼まれたから、契約書でまず半分のお金を渡して、残りは勤める女と引き換えにする約束。何しろその五十両の金を渡すと喜んで受け取って、にこにこしゃべって戻られたんは、もう午後の十時くらいやったかのう。夜道は一人で金を持って歩かんもんやというて引き止めても、それを聞かずに戻られたんやが、あるいは途中でどっかに」

「いえいえ、寄られるような所は、ねえ、母さん」

「ないとも、ないとも。ことに一刻も早く、お前やわたしに金を見せて喜ばそうと、息せき切って戻ってらっしゃるはずやのに……なんやわけがわからへんなあ」

「いや、わかるかわからへんかはそっちの勝手やろ。こっちは残りの金を渡して勤める女を連れ帰るまでや」

と懐中から金を取りだして、

「残金の五十両。これで合計百両。さあ、渡した、受け取ってくれ」

「あんた、それでも、親父さんが戻らんうちは。なあ、軽、お前はやれんなあ」

「ああ、ぐずぐずして埒《らち》が明かん。これ、ぐだぐだいうてんのやないぞ。与市兵衛の判を捺《お》した、この証書がものをいうのや。今日から金で買い取った体。一日違えば、金がこれくらいずつ違《ちご》うてくるんや。ああ、結局こういう真似《まね》をせなあかんのか」

と、お軽の手を取って無理やり連れて行こうとします。

「まあ、まあ、待ってください」

と取りすがる母親を突き飛ばし、振り切って、お軽を無理やり駕籠へ押し込み、押し込みして、駕籠を担ぎ上げたところへ、ちょうど門口に勘平が鉄砲を蓑《みの》と笠《かさ》に包んで戻りました。その場の様子を見てつかつかと入って来ます。

「駕籠の中にいるのは女房だな。これはまあ、どこへ行く」

「おお、勘平さん、ええとこへ戻って来てくれはった」

と母親が喜ぶ意味もよくわからずに、

「きっと何か深い理由《わけ》があるんだろう。お義母《かあ》さん、女房よ、事情を聞こうじゃないか」

勘平が家の真ん中にどんと腰をおろせば、一文字屋の主人は、

「ふーん。さてはあんたが勤める女の亭主やな。たとえ夫でもなんでも、許婚《いいなずけ》の夫やなんていうて、横から契約を妨害する者は決してございませんとの証書に、親父の判が捺してあるからには、こっちは関係あらへん。早《は》よ勤める女を受け取ろやないか」

「おお、婿殿は話が呑《の》み込めまへんやろなあ。実は前々からあなたには金が要《い》る様子やと娘の話に聞いたんで、それをどうにか調達して差しあげたい、というても一銭のあてもなし。そこで親父さんがいわはるには、ひょっとしたら、あなたは女房を売って金を調達しようと……いや、まさかそんなことを考えてらっしゃるわけやないにしろ、両親の手前もあって、遠慮してはらへんもんでもない。

ならいっそ、この与市兵衛が婿殿に知らさんと娘を売ろう。まさかの時は強盗をしてでも金を作るのが武士のやり方と聞くからには、女房を売っても恥にはならん。ご主人のお役に立てる金を調達して差しあげたら、まんざら腹も立つまいというて、昨日から祇園町へ交渉に行き、今になってもまだ戻って来はらへんのを心配してるとこへ、この親方さんが来られてなあ。

昨夜親父さんには半金を渡して、残金の五十両と引き換えに娘を連れて帰ろうといわれたが、それは親父さんと会《お》うてからのことにしてくれと理由を話しても聞いては

くれず、今ちょうど連れ帰ろうとなさってるとこや。どないしましょ、勘平さん」

「これは、これは、まずお舅《とう》さんのお心遣いが勿体《もったい》ない。けど、こっちにもちょっといいことがあったんですが、それはまたあとでの話にして。親父さんが戻って来られんのに、女房は渡されんなあ」

「とは、なんでや？」

　と一文字屋の主人。

「さあ、いってみれば肝腎《かんじん》の親であり、判を捺した人でもあるからねえ。もっとも、昨夜は半金の五十両を渡されたようでもあるが……」

「いや、あんたなあ。京都大阪をまたにかけて、女だらけの島ほどに沢山の遊女を置いてる一文字屋が、渡さん金を渡したなんていうて話が通るもんかいな。まだその上に確かなことがあるんや。ここの親父が、あの五十両という大金を手拭《てぬぐ》いにぐるぐる巻きで懐に入れはったんで、そりゃ危ない、これに入れて首にかけなさいというて、俺が今着てる単衣物《ひとえもん》の縞《しま》の布《きれ》で作った財布を貸したんやから、もうすぐそれを首にかけて戻って来はるわ」

「やあ、なんだって……あなたが今着ている縞の着物と同じ布で作った財布か」

「おお、そやとも」

「あの、この縞でか」

「どうや、確かな証拠やろが」

そう聞くなり勘平はハッとして、胸にぐっさりと応えました。周りに目を配りながら、相手の着物と袂《たもと》に入れた財布をそっと見比べると、ほんのわずかの違いもない絹糸入りの木綿《もめん》縞。

しまった！　さては昨夜鉄砲で撃ち殺したのは舅《しゅうと》だったのか。ああ、どうしようと、まるで自分の胸板を二つの銃弾に撃ち抜かれるよりも辛《つら》い苦しい気持ちです。

そうとも知らない女房は、

「ねえ、あなた、そわそわしてないで、わたしを一文字屋へやるのか、やらないのか、はっきりしてくださいな」

「おお、なるほど。さあ、もう、あのように、ちゃんといわれるからには、行かなくてはなるまいなあ」

「ねえ、お父さんには、会わなくていいの？」

「いや、親父さんにも、今朝ちょっと会ったんだが、いつ戻られるかわからんし」

「へええ、そんなら父さんに会ったの。それならそうといってもくれなくて、母さんにもわたしにも、心配させてばっかり」

とお軽がいえば一文字屋も調子に乗って、

「七度尋ねてから人を疑え、というのがこれや。親父の居どころが知れたんで、そっちもこっちも気持ちがすっとした。まだこれ以上ゴタゴタ文句があれば、嫌でも出るとこへ出て裁判でかたをつけなあかんが、まあまあ、さらっと片づいてめでたし、めでたし。お袋も旦那《だんな》も六条《ろくじょう》の本願寺《ほんがんじ》さんにお参りして、ついでにちょっとうちへも立ち寄んなはれ。さあさあ、早よ駕籠に乗ってんか」

「はいはい、これ、勘平さん、わたしはもう今、あっちへ行きますよ。年取った二人の親たちは、皆どうせあなたのお世話になる身。とりわけ父さんはひどい持病があるんで、気をつけてくださいね」

と、親の死をつゆ知らずに頼んでいるお軽が可哀想で、いじらしくて、勘平はいっそありのままを打ち明けて話そうにも、他人がいてはまずいと心を痛め、ぐっと我慢をしております。

「おお、婿殿」

と母親はその様子を見てお軽に向かい、

「きっと夫婦の別れで、ちゃんとさよならもしたいんやろけど、知らんぷりしてはるのは、お前に未練な気持ちが起きたらあかんと考えてのことなんやろ」

「いえいえ、わたしはいくら別れても、夫のために身を売るんだから、悲しくもなんともないのにねえ。元気よく行ってくるわ、母さん。でも、父さんに会わずに行くのが……」

「ああ、それも戻って来られたら、すぐにまたお前に会いに行かはるやろ。せいぜい病気をせんように、お灸《きゆう》をすえて、無事な顔を見せに帰って来ておくれ。鼻紙も扇子もないと不自由する。何もかも持ったか。バタバタして怪我せんとな」

と、お軽が駕籠に乗り込むまで何かと注意をし、

「さようなら」

「さようなら」

と互いに別れの挨拶《あいさつ》を交わしながらも、

「ああ、人並みの娘を持ちながら、何の因果でこんなに悲しい目に遭うんやろ」

母親が歯を喰《く》いしばって泣けば、娘は駕籠にしがみつき、自分が泣くのを勘平に知らすまい、聞かすまいとして、声をあげずに咳《せ》き込みます。こうしたありさまにも情けをかけず、駕籠は担ぎ上げられ道を急いで行ってしまいました。

母親はそのあとを見送り見送りしながらも、

「ああ、最後につまらんことをいうて、娘もさぞ悲しかったろうに」

と気を取り直します。

「おお、そこの勘平さんも、親の身でさえこうして思い切りがええのに、女房のことをくよくよ思て病気になるんは無しでっせ。それにしても、うちの親父さんはまだ戻って来はらへんのかのう。あなた、さっき会うたといわはったなあ」

「ああ、確かに」

「それはまあ、どこら辺で会われて、どこへ分かれて行かはりました?」

「さあて、別れた場所は……鳥羽《とば》か、伏見か、淀《よど》……竹田《たけだ》……」

と勘平が口から出まかせの地名をいっているところへ、めっぽう弥八《やはち》、種子島《たねがしま》の六、たぬきの角兵衛《かくべえ》という地元の猟師が三人連れで、親父の死骸《しがい》に蓑をかぶせて戸板に載せ、どやどやと家の中に運び込んで参ります。

「夜間の狩猟が済んでの戻りがけに、ここの親父が殺されたはったんで、猟師仲間が連れて来ました」

そうと聞くよりハッと驚く母。

「何者のしわざや。これ、婿殿。殺したやつは何者や。敵《かたき》を取ってください。のう、これ、親父さん、親父さん」

と呼べど叫べどその甲斐《かい》もなく、泣くよりほかにございません。

猟師たちは口々に、

「おお、お袋さん、悲しかろう」

「役所へ願い出て、捜査をしてもらいなさいよ」

お気の毒に、お気の毒にといいながら、皆で連れ立ってわが家へ帰って行きます。

母は涙を流す間にも勘平の側にすり寄って、

「これ、婿殿。まさか、まさか、まさかとは思ても、腑《ふ》に落ちん。いくら以前が武士やからというて、舅が死んだのを見たらびっくりもされるはず。あんた道で会うた時、金を受け取りはなさらなかったんか。親父さんが何といわれた？　さあ、いいなさい。さあ、どうやの。何とも返事は出来《でけ》んやろ。出来へん証拠はこれ、ここに」

と勘平の懐中へ手を突っ込んで引きだすのは、

「さっきちらっと見といたこの財布。これ、血がついてるからには、あんたが親父さんを殺したんやな」

「いや、それは」

「それはとは……ええ、あんたはなあ。隠しても隠されん。おてんと様は何でもお見通しや。親父さんを殺して奪《と》ったその金は、大体誰にやるはずの金や。ふん、わかった。貧乏な舅が、娘を売ったその金を、途中で半分くすねて全部渡さんつもりかと思て、これ、殺して奪ったんやな。今という今まで、真面目《まじめ》で正直な人やと思い込んで、だまされてたんが腹が立つやないか。ええ、この人でなしっ。あんまり呆《あき》れて涙さえ出えへんがな。

ああ、可哀想な与市兵衛さん。畜生のような婿とは知らず、何とかして元の侍にしてやりたいと思い、年寄りの身で夜も寝ずに京都辺を駆けずり回って、娘という宝物を投げだして世話なさったんが、却って自分の不幸を招いたちゅうわけかいな。飼い犬に手を噛《か》まれるとはよういうた。まあ、よくも、よくも、このように惨《むご》たらしゅう殺されたもんや。これ、この鬼よ。蛇《じゃ》よ。父さんを返せ。親父さんを生き返らせてみい」

と遠慮会釈もなく大の男の髪をまとめた髻《たぶさ》をつかんで引き寄せ、引き寄せ、床に叩きつけ、

「ずたずたに切り刻んでも、それでどうして腹の虫が治まるもんか」

数々の恨み言を並べ立て、がばっと突っ伏して泣いております。

自らの過ちに勘平も全身から熱湯のような汗を流し、畳に喰らいつく恰好で、天罰が当たったと思い知るしかございません。

ちょうどその時、深い編笠で顔を隠した侍が二人訪ねて参りました。

「早野勘平はご在宅か。原郷右衛門《ごうえもん》だ」

「千崎弥五郎《せんざきやごろう》がお目にかかりたい」

何とも間が悪いとはいえ、勘平は粗末な刀を脇《わき》に挟んで出迎えます。

「これはこれはお二方共に見苦しいあばら屋へお越し戴き、畏れ多いことで」

と頭を下げれば郷右衛門が、

「見れば何だか取り込んでる様子だなあ」

「いや、もう、ちょっとした内輪のことで。お構いなく、さあ、どうぞ、あちらへ」

「そんならそうしましょう」

と奥へためらわずに入って席に着けば、勘平は二人の前に両手を突いて、

「今度のことで、殿の一大事の場に居合わせなかったのはわたくしの重大な過失で、言い訳する言葉もございません。何とぞわたくしの罪をお許し戴き、亡き殿一周忌のご法要を家臣一同と営めるよう、お二方のお取りなしをひとえにお願い申しあげます」

と謙《へりくだ》って述べたところ、郷右衛門がすぐに応じました。

「まずはお前が貯《たくわ》えもない浪人の身で、多くの金を御石碑の費用として調達したことは、由良之助《ゆらのすけ》さんも大変に感心なさっておられたが、石碑を建立するのはご冥福《めいふく》を祈

るためだから、殿に対して不誠実な行為をしたお前の金を費用に使うのは、殿のご遺志にも適《かな》うまいとして、お金は封を切らずにお返しされた」

話す側から弥五郎が懐中より金を取りだして前に差しだすと、勘平はハッと驚き、気も動転しております。

片やお軽の母は涙ながらに、

「やい、この悪党めが。今という今、親の罰を思い知ったか。皆様もどうぞ聞いてやってください。親父さんが年を取っても来世の極楽往生は願わんと、婿のために娘を売り、金を調達して戻って来られるのを待ち伏せして、あのように殺して奪《と》った金なんやさかい、おてんと様がないならともかく、なんで殿様のお役に立つもんか。親殺しの泥棒めに罰を当ててくれはらへんのは、神や仏もあんまりちゅうもんでっせ。あの不孝者を、どうかお前様方の手にかけて、なぶり殺しになさってくださいまし。わしはもう腹が立ってたまりません」

と前に突っ伏して泣いております。

聞いて驚いた両人は刀を手に取り左右から勘平に詰め寄って、弥五郎が声も荒々しく、

「やい、勘平っ。俺は人の道に外れた行為で金を調達して自分の罪を詫《わ》びろとはいわ

なかったぞ。お前のような人でなしは、武士の教えが耳に入らんのだな。親同然の舅を殺し、金を盗んだ重罪人は、長い槍《やり》で田楽のように串刺《くしざ》しだ。俺の手で始末してやる」

じろっと睨めば、郷右衛門もまた、

「聖人の孔子が盗泉《とうせん》と呼ばれる土地では地名の悪さを嫌って、喉《のど》が渇いても水を飲まなかったという話は、正義を志す者の教訓だ。たとえいくら金に困っても、盗みを働くようなことがあってはならん。ましてや舅を殺して盗《と》った金が、亡きご主人のための資金として使えるはずはなかろう。お前は生まれつき不誠実で、人の道に外れた根性の持ち主だと見抜き、そんな人間が調達した金と推察して突っ返された由良之助の眼力はさすがに立派、おみごとなもんだ。

しかしながら、ああ、情けないのは、このことが世間で評判になり、塩冶判官《はんがん》の家来早野勘平は人の道に外れた行為をしたといわれたら、それはお前ばかりの恥ではないのだぞ。亡き殿のご恥辱にもなるのがわからんのか、この馬鹿者めがっ。それくらいのことがわからんお前ではなかったはずだが、ああ、一体どんな悪魔に取りつかれてしまったんだか……」

鋭い眼に涙を浮かべ、筋の通った理屈で責めると、堪《たま》りかねた勘平は左右の袖《そで》から腕を引き抜いて上半身の肌をさらし、脇差《わきざし》の刀を抜くよりも素早く腹にぐっと突き立てます。

「ああ、誰にも合わせる顔がありません。わたしの望みが通らない時は、切腹しようと前から覚悟しておりました。ただ、自分の舅を殺したことが、亡きご主人のご恥辱になるというのであれば、ひと通り言い訳しておきます。お二人ともお聞きください。昨夜、弥五郎君とお目にかかって、別れて帰る道で暗闇《くらやみ》まぎれに山を越える猪《いのしし》に出くわし、二つ込めた銃弾で仕留め、駆け寄って探り見ると、猪ではなく旅人。しまった、撃ち間違えた。薬はないかと懐中を探してみたら、財布に入れたこの金が手に触れて、人の道に外れたことではあるが、これぞ天が自分に与えてくれた金だと思い、すぐに急いで行って弥五郎君にその金を渡し、家に戻って事情を聞けば、仕留めたのは自分の舅。金は女房を売った金。これほどまでにすることなすこと喰い違ってしまったのも、武運に見離された勘平の人生の成りゆきなんだと、お察しください」

勘平は血走った眼に無念の涙を浮かべております。弥五郎は詳しい事情を聞くなり、さっと立ちあがると、与市兵衛の死骸を引き起こし裏返しにして、ふむふむと傷口を調べ、

「郷右衛門さん、これをご覧なさい。鉄砲傷に似てはいるが、これは刀でえぐった傷。

ああ、勘平、早まったことをしたなあ」

　傷を負った勘平もそれを見てびっくりし、母親もまた驚くしかありません。

　郷右衛門は今ふと気がついたように、

「ああ、いや、その、千崎君、これで思い当たったぞ。君も見られた通り、ここへ来る道端に鉄砲で撃たれた旅人の死骸があったなあ。近寄って見れば斧定九郎《おのさだくろう》で、強欲な親の九太夫《くだゆう》さえ見離して勘当した悪党だ。喰うに困って山賊をしていると聞いたが、勘平の舅を殺したのは、疑いもなくやつのしわざだろう」

「ええっ、そんなら、あの、親父さんを殺したのは、他の者《もん》でございますか」

　はあ、ハッと胸に応えて母親は傷を負った勘平にすがりつき、

「これ、手を合わせてお詫びします。年寄りの愚かな心から恨み言をいったのはすべて間違い。我慢して、勘平さん。決して死んではくださいますな」

　泣いて詫びると勘平は顔を振りあげ、

「たった今、母の疑いも、わたしの悪名も晴れたので、これを冥土《しで》の想い出として、お舅さんにあとから追いつき、あの世の前に立ちふさがる死出の山や三途《さんず》の川をお供しよう」

　と腹に突っ込んだ刀を引き回せば、

「ああ、しばらく、しばらく待て。お前が思いがけず舅の敵討ちをしたのはまだ武運に見離されぬ証拠だ。戦《いくさ》の神様のお恵みで、一つの手柄を立てた勘平が息のあるうちに、この郷右衛門がひそかに見せるものがある」

郷右衛門は懐中から一本の巻物を取りだしてするすると開き、

「このたび亡き主人の敵、高師直《こうのもろなお》を討ち取ろうと神に誓いを立てて誓約書を取り交わした同志の連名列判はこの通り」

と読みも終わらぬうち苦痛にあえぐ勘平は、

「その同志の姓名は誰々ですか」

「おお、同志の人数は四十五人。お前の真心は見届けたので、お前も連名に加えて義士一党は四十六人だ。これを冥土の土産《みやげ》にしろ」

郷右衛門は懐中から携帯の筆入れを取りだして、勘平の姓名を書き記し、

「さあ、勘平、これに血判を捺せ」

「承知した」

と勘平は腹を十文字に勢いよく切り裂き、内臓をつかみ出してそれをしっかりと巻物の紙に押しつけます。

「さあ、血判を致しました。ああ、嬉しい、ありがたい。これで本望を達した。お姑《かあ》

さん、嘆いてくださいますな。舅の最期も、妻の勤めも、無駄にはならなかったこの金。同志の軍資金になるんですよ」

勘平がそういうと、母親も涙ながらに財布に入った二包みの小判を両人の前に差しだします。

「勘平さんの魂が入ったこの財布。これが婿殿やと思て、敵討ちのお供に連れて行ってやってくださいませ」

「おお、なるほど。もっともです」

と郷右衛門は金を受納しました。

「思えば、この金は縞の財布に入れてあるが、仏の肌も紫磨《しま》黄金《おうごん》色だというから、勘平もどうか成仏してくれよ」

「ああ、成仏とはけがらわしい。死なんぞ、死なんぞ。俺の魂魄《こんぱく》はこの世に留《とど》まって敵討ちのお供をするんだ」

と勘平がいう声はすでに断末魔のあらゆる苦しみを一身に集めたようでございます。

母は涙にくれながら、

「なあ勘平さん。このことを娘に知らして、せめては臨終に立ち会わせてやりたいなあ」

「いやいや、親の最期はともかく、勘平が死んだことは決して知らせてくださいますな。亡きご主人のために身を売った女房が、このことを聞いて勤めを怠れば、ご主人に真心を尽くさないのも同然。ただ、そのままにしておいてください。さあ、これでもう思い残すことはない」

と勘平は刀の切っ先を喉にぐっと刺し貫き、がばっと倒れ伏して息絶えました。

「やっ、もう婿殿は死なれたか。ああ、それにしても、まあ世の中に、わたしのように不幸な者が他にあろうか。親父さんは死なれたし、頼りにする婿を先立てて、可愛い娘とは生き別れ。年寄りの母親が一人あとに残って、これがまあどうして生きてられようか。これ親父さん、与市兵衛さん、どうぞわたしもいっしょにあの世へ連れてってくださいよお」

母親は与市兵衛の死骸に取りついては泣き叫び、また立ちあがって今度は勘平の死骸に、

「これ婿殿、母もいっしょに」

と、すがりついては思い嘆き、あちらでは泣き、こちらでも泣き、ついにはわあっと叫んでどっと前に倒れ伏し、声を限りに泣く姿は目も当てられないありさまです。

郷右衛門はさっと立ちあがり、

「やあ、これこれ、老母。嘆かれるのはもっともだが、勘平の最期の様子を大星《おおぼし》殿に詳しく話して資金を手渡したら、きっと満足されるだろう。今わしが首にかけたこの財布の金は、婿と舅の四十九日に一つ多い五十両。先ほどの金と併せて百両もの資金となる。百か日の追善供養にはどうか死者を手厚く弔いなさい。さらば、ごめん」

「ああ、おさらばでございます」

と見送る人の目にも涙、振り返り見る人の目にも涙。涙の波に溢れて引き返す老婆もまた、いずれこの世を去ることになるのが、人間の儚《はかな》い運命というものでございました。

第七　豪遊客の錆びた刀（一力茶屋）

♪花のような女たちと遊ぶなら祇園《ぎおん》あたりの美人ぞろい。西方の極楽浄土かと見まごうほどに、白粉《おしろい》を塗りたくってぴっかぴかに輝いた遊女や芸妓にはどんなシャレ男も夢中になって、ドンドンドロック太鼓の音につれ、ワイワーイとバカ騒ぎ。

「誰か頼む。亭主はおらんか。亭主、亭主」

と呼ぶ声に亭主が現れ、

「ああ、こら忙しい。どこのどいつ様や。あっ、九太夫《くだゆう》様か。嫌やなあ、あんたさんなら今さら何もここで案内を頼まんでもよろしおますがな」

「いや、今日は初めてのお方をお連れしたんでなあ。どうやらえらく立て込んでるように見えるが、一つこの方をお上げできる座敷があるか」

「ございますとも。ただ今晩はあの由良大尽《ゆらだいじん》のご趣向で、名だたる遊女は皆かき集められて二階の座敷はふさがってますが、離れの四阿《あずまや》が空いてます」

「そらまた蜘蛛《くも》の巣だらけだろうよ」

「また悪口を」

「いやはや、いい年をして女郎蜘蛛の巣にかからんよう、注意をせんとなあ」

「こら、ひどい言われようや。日頃から下にも置かず大切《だいじ》におもてなししてるお客さんやのに。なら二階座敷へご案内しましょ。それ、仲居さん灯《ひ》ィともしてやー、お盃《さかずき》におたばこ盆もご用意やでー」

と亭主が声高な調子で叫ぶのに輪をかけて、奥の部屋は太鼓や三味線《しゃみせん》の音で騒がしゅうございます。

「どうです伴内《ばんない》さん。由良之助《ゆらのすけ》のざまをご覧になりましたか」

「九太夫さん、ありゃまったく気が変になっちまったんですなあ。逐次あなたから内通を戴《いただ》いておっても、あれほどひどいことになっていようとは主人の師直《もろなお》も存じませず、わたくしに京都へ行って見届けてこい、もし不審な点があったらすぐに知らせろといいつけましたが、いや、いや、いや、完全にこっちの思い過ごしだったようです。で、倅《せがれ》の力弥《りきや》のほう、あいつめはどうしております？」

「あいつも時々ここへ来て、親と同じく気ままに遊んでおりますが、一つふしぎなのは、お互いかち合わないようにはしておらんこと。そこで今晩は大星《おおぼし》親子の心の奥を探ってみようと、考えを練って参りました。内密にお話ししましょう。さあ、二階へ」

「お先にどうぞ」

「そんなら、ついてらっしゃい」

二人が二階へ去ると、今度はいかにも遊廓《ゆうかく》らしい艶歌《えんか》が聞こえてきます。

♪本気でもない浮いた気持ちで惚《ほ》れた、惚れただなんて口先ばっかり。あんた、たいしたお世辞《じょうず》だわね……

そこへ矢間十太郎《やざまじゅうたろう》ら三人の侍がやって参りました。

「弥五郎《やごろう》君、喜多八《きたはち》君、これが由良之助さんの遊んでいるお茶屋で、一力《いちりき》というんだ。

おい、平右衛門《へいえもん》、お前には頃合いを見て声をかけるから、裏で待っててくれ」

「かしこまりました。よろしくお願い致します」

「誰か、ちょっと頼む」

という十太郎の声に応じて仲居が出て参ります。

「はいはい、どなたさんです？」

「いや、われわれは由良さんに用事があって来た。奥へ行って取り次ぐ際には、矢間十太郎、千崎《せんざき》弥五郎、竹森《たけもり》喜多八だが、この間からたびたび迎えの人をやってもお帰りがないため三人連れで参りました。ちょっとご相談しなくてはならないことがございますので、お会いになってくださいと、しっかり伝えてくれ」

「それは何ともお気の毒でございます。由良さんはここ三日間ずっと飲み続けで、お会いになっても酔っ払《ぱろ》うてたわいがないし、まともやありませんで」

「ああ、もう、とにかくそう伝えてくれ」

「はいはーい」

と仲居が奥へ去れば、

「弥五郎君、お聞きになったか」

「お聞きして、びっくりしました。始めのうちは敵に聞かせて油断させる計略かと思いましたが、えらく遊びに熱心すぎて、もう理解ができません」

「どうだ、この喜多八が話した通り、魂が入れ替わってしまわれただろう。いっそのこと座敷へ踏み込んで」

「いやいや、きちんと会って話した上で」

「なるほど。それならここで待ちましょう」

そこへ奥から仲居や遊女たちが大勢現れて手を叩《たた》きながら、

「手の鳴るほうへ」

「手の鳴るほうへ」

「手の鳴るほうへ」

「つかまえるぞ、つかまえるぞ」

「由良鬼さんよ、待った、待った」

「つかまえて酒飲まそ、酒飲まそ。ほうら、つかまえた」

と十太郎の手を取り、

「さあ、酒だ、酒だ。銚子《ちょうし》を持って来い、持って来い」

「いや、ちょっと、由良之助さん、矢間十太郎ですよ。これは一体どうするつもりです」

「ああ、しまった、こりゃ大変だ」

と由良之助は慌てだし、女たちも、

「おお、困ったこと。ねえねえ、栄え姐《ねえ》さん、この苦虫を噛《か》みつぶしたようなお侍さん方は由良さんのお連れさんかいな?」

「ほんまにお三人とも怖い顔して」

と騒ぎだします。

「いや、これ、遊女たち、われわれは大星さんに用事があって来た。しばらく席を外してもらいたい」

「どうせそんなことやろと思た。由良さん、わてらは奥へ行きまっせ。あんたはんも早《は》よおいでなはれや。さあ皆さん、こっちへ」

と女たちが立ち去ったところで、

「由良之助さん、矢間十太郎でございます」

「竹森喜多八でございます」

「千崎弥五郎、ご意見を承りに参りました。どうか目を覚ましてください」

「これは連れ立って、よくおいでになったもんだが、一体どういうつもりで来られたのかな?」

「鎌倉へ出発する日はいつ頃になるんですか」

と十太郎。これに由良之助は、

「ああ、やっぱりその話か。大事なことをお尋ねだが、丹波与作《たんばよさく》の流行《はや》り歌にも、遠く江戸くんだりまで行ってしまったら、いつ戻って来られるやら、という文句もあるしなあ……ハハハハハ、ご免なさいよ、酒に酔ってたわいもないことを」

「やあ、酒に酔っても本性は喪《うしな》わないはずだが、正気に戻らんなら、この三人が酒の酔いを醒《さ》まさせてやりましょうかっ」

と憤慨して手荒な真似をしそうになったところへ平右衛門が駆けつけます。

「ああ、ご無礼をなすっちゃいけません。憚《はばか》りながらこの平右衛門が、ひと言申しあげたいことがございます。しばらくお控えになっていてくださいませ。由良之助様、わたくしは寺岡平右衛門でございます。ご機嫌のいいご様子とお見受け致しまして、どんなにか嬉しく存じ申しあげますことか」

「ふうん、寺岡平右とは……はあ、なんですかなあ、以前、北陸のほうへ急なお使いで行かれた、足のかるい足軽さんでしたか」

「左様でございます。殿様のご切腹を北陸でお聞きして、さあ大変だとばかり宙を飛ぶようにして帰る道すがら、塩冶家《えんや》もお取り潰《つぶ》しで、家臣は皆ちりぢりになってしまったと聞いた時の悔しさ。身分こそ低い足軽でも、殿様に受けたご恩は変わりませんので、そのご主人の敵《かたき》、師直のやつを一打ちにしてやろうと鎌倉へ出かけ、三か月の間は乞食《こじき》となってつけ狙《ねら》いましたが、敵の警戒は厳しくて近寄ることもできず、こうなったら潔く切腹してやろうとしたもんの、故郷の親のことを想い出しまして、すごすごと帰りました。

ちょうどそこへ、おてんと様のお知らせでもありましょうか、皆様方が徒党を組んで誓約書に判を捺《お》されたとの話を承り、ああ、嬉し、ああ、ありがたやと、もう取るものも取り敢《あ》えず、あの三人の方々の旅宿を訪ね、ひたすらお願い申しあげましたら、よくぞいった、けなげなやつだ。お頭《かしら》にお願いをしてやろうというお言葉にすがって、ここまで押しかけて参った次第でございます。師直の屋敷のことは……」

と平右衛門がいいかけたところで、

「ああ、これこれ、お前さんは足軽ではなく大変な口軽だなあ。いっそ幇間《たいこもち》をされんか。もっともわしも、蚤《のみ》の頭を斧《おの》で割ったくらいのささやかな悔しさはあったから、四、五十人の徒党を組んではみたが、ああ、妙な話だ。よく考えてみたら、失敗すればこっちの首がころりと落ち、うまくやり遂げてもあとで切腹。どっちにしても死ななくてはならん。ということは、高価な高麗人参《こうらいにんじん》の薬を飲んでいくら病気を治しても、それの借金で首を吊《つ》るようなもんじゃないか。

　ことにお前さんは年に五両と一日一升五合の米しかもらえん足軽の身分だ。いや、腹を立てちゃいけないよ。托鉢《たくはつ》の乞食坊主が施しをされるくらいの給与で、命を捨てて殿様の敵討ちをしようとは、まるで伊勢《いせ》の神官から土産《みやげ》にもらった青海苔《あおのり》のお礼に、伊勢詣《もうで》をして莫大《ばくだい》な費用のかかる太々神楽《だいだいかぐら》を奉納するようなもんだ。この自分は千五百石の給与をもらった身分だから、あんたと比べたら、敵の首を大きな升に入れて量るくらいに沢山切っても釣り合わん、釣り合わん。それでやめにした。なあ、わかったかな。世の中はーとかくこうしたもんなんだよー。ツッテン、ツッテン、なんて三味線を弾きかけたところは、もうたまらん、たまらん」

「いや、これは由良之助様のお言葉とも思えません。わずか一升五合しかもらってない自分でも、千五百石のあなた様でも、ご主人から給与を頂戴《ちょうだい》して今日まで生きてきた命は一つ。殿様から受けたご恩に身分の高い低いはございません。ただ押しも押されもしないお家柄で、殿様の代理までなさるような立派な方々の中に、みすぼらしいわたくしなどをつけ足してくださいとお願いするのは、畏《おそ》れ多いともぶしつけとも存じますが、これも猿が人真似をするくらいのもんで、お草履《ぞうり》をつかむなり、お荷物を担ぐなりして、ついて参ります。どうぞお供に連れて行ってくださいまし。な、もし、これ、もし、あっ、これはどうしたことだ。寝てらっしゃるようだ」

と平右衛門も呆《あき》れ果て、

「おい、平右衛門、口をきくだけ損だぞ。由良之助はもはや死人も同然。矢間さん、千崎さん、もう由良之助の本心はわかりましたから、申し合わせておいた通りにしてやりましょうか」

「いかにも。徒党の者たちへの見せしめに、さあ、みんな」

三人が刀を持って近づくのを、

「ああ、しばらくお待ちを」

と平右衛門はなだめて由良之助の側に寄り、

「よくよく思い回せば、ご主人にお別れなさって以来、仇《あだ》を討とうとさまざまにご苦労を重ね、周囲のちょっとしたことにも用心して、他人の批判や悔しさをじっと我慢なさっておられるからには、酒でも無理して飲まないと、これまで命も保《も》たなかったのではございませんか。どうか酔いが醒めた上でのご判断を」

と三人を無理やり押さえ込んで連れて入る障子の中は、いずれ由良之助の善悪を明らかにするように灯があかあかと照らしておりますが、三人がその部屋へ姿を消すと月も西に沈んで、あたりはすっかり暗くなりました。

ちょうどそこへ山科《やましな》から一里半（約六キロ）の道のりを息せき切って駆けて来たのは由良之助の跡継ぎ息子、力弥でございます。酔いつぶれてしまった父の寝姿を障子の中に透かし見て、起こすにも人の耳に入るとまずいので、枕元《まくらもと》に近づいて、刀の鍔《つば》で鞘《さや》の口をカチャンと鳴らします。すると心がけある武士は馬の轡《くつわ》の音にも目を覚ますという話の通り、由良之助がむっくりと起きあがって、

「やあ、力弥か。鞘の音を響かせたのは急用あってのことか。ひそかにそっと話せ」

「ただいま奥方の顔世《かおよ》様から急な飛脚便で、密事のお手紙が」

「他にご伝言はなかったか」

「敵《かたき》の高《こうの》師直が国元へ帰る願いが叶《かな》って、近々故郷へ戻るとの話。詳しいことはこのお手紙にとのご伝言で」

「よしよし。お前は家に帰って、夜のうちに迎えの駕籠《かご》をよこせ。行け、行け」

力弥はハッと返事をし、ためらう暇もなく山科を目指して引き返します。

まず様子が気がかりだと、由良之助が手紙の封じ目を切っているところへ、

「大星さん、由良さん。斧《おの》九太夫です。お目にかかりましょう」

と声をかけられ、

「これは、これは、お久しぶり。一年も会わないうちに、寄ったたな、寄ったたな、額の

皺《しわ》が。その皺をのばしにここへおいでか。ああ、このエロ爺《じじ》ィめが」

「いや、由良さん。大事業を企てる者は些細《ささい》なことを気にせんというが、人の非難もかまわず、こうして遊廓で遊んでいるのも、大事業をやり遂げるための基本なんでしょうなあ。あっぱれな男の中の男。末頼もしい限りですよ」

「ほう、これはまたお堅いことを。大砲で攻めて来られたか。まったくもう、およしなさいよ」

「いや、由良之助さん、とぼけなさんな。まことにあなたの放蕩三昧《ほうとうざんまい》は」

「敵を討つ策略に見えるか」

「いうまでもないこと」

「ああ、ありがたい。四十を過ぎての女狂い。馬鹿者よ、狂人よ、と嗤《わら》われるかと思ったのに、敵を討つ策略と見るとは、九太夫さん、フフフ、嬉しい、嬉しい」

「そんなら君は、ご主人塩冶判官《はんがん》の復讐《ふくしゅう》をする気はないのか」

「とんでもない、とんでもないことだ。塩冶家の城と領地を明け渡す際に、城を枕に討ち死にしようといったのは、奥方に対するお愛想《あいそ》ですよ。その時あんたはお上《かみ》に対して朝敵も同然になるといって、その場をさっと立って行かれた。われらはあとに残って突っ張っていたが、えらいバカをしたもんだよ。結局おさまりがつかず、お墓に行って切腹しようと、裏門からこそこそ抜けだすはめになった。今こうして安穏に遊び暮らしておられるのもあなたのおかげだ。昔のよしみは決して忘れん。もう堅いこというのはやめにして、お互いもっと打ち解けましょうや」

「いかにも、この九太夫も、昔を思えば信太妻《しのだづま》の狐《きつね》ではないが、化けの皮を現して一杯やろうか。さあ、由良さん、久しぶりだ、お盃を」

「またお盃を頂戴とかいって、堅くるしくする気だな」

「ああ、もう注《つ》いでくれ、飲むぞ」

「飲め、飲め、注ぐぞ」

「たっぷりと飲むがいい。酒の肴《さかな》を出してやろう」

と九太夫が側にたまたまあった蛸《たこ》の肴を箸《はし》に挟んでぐっと差しだせば、

「手を出して足を戴《いただ》く蛸肴。ありがたい」

そういって由良之助が食べようとする手を九太夫はじっと押さえます。

「これ、由良之助さん、明日は亡きご主人塩冶判官のご命日。とりわけ命日の前夜は大切に過ごすもんだというが、あなたはみごとにその肴を食べられるのか」

「食べるとも、食べるとも。ひょっとして、ご主人塩冶の殿様が蛸になられたという知らせでもあったたか。いやもう理屈のわからん人だなあ。あなたやわしが浪人したのは、判官さんが無分別だったからではないか。それなら恨みこそあれ、命日だからといって魚肉を食べずに精進する気は毛頭ありませんよ。ご厚意の肴、ありがたく味わいましょう」

と格別気にもせずただ一口に味わう様子には、悪知恵に長《た》けた九太夫もさすがに呆れて言葉もありません。

「さあ、この肴では飲めん、飲めん。いっそ鶏を絞めさせて鍋焼《なべや》きにでも料理をさせよう。あなたも奥へおいでなさい。女たち、歌え、歌え」

由良之助は足元も定まらず、太鼓や三味線の音に合わせてテレック、テレック、ツツテンテンと浮かれるような調子で歩きながら、「やい、取り巻きの連中よ、へべれけにさせずにおくもんか」

と騒ぎにまぎれて奥に入って行きます。

一部始終を見届けた鷺坂《さぎさか》伴内が二階から降りて来て、

「九太夫さん、詳しい様子はすっかり見届けました。主人の命日に精進《しょうじん》さえしない根性で、敵討ちなぞ思いも寄らん。この通りをわが主人師直へ申しあげて、警戒態勢を解かれるように致しましょう」

「なるほど。もはやご警戒には及びませんなあ」

「おお、これ、おまけにここへ刀を置き忘れておりますぞ」

と伴内。

「まことにまことに、大バカ者の証拠。心がけのほどは、武士の魂といわれる刀を見ましょうか」

と九太夫は刀を抜いて、

「なんと錆《さ》びてるよ。まるで赤鰯《あかいわし》だ」

「ハハハハハハ」

「いよいよ由良之助の本心もわかって、ご安心、ご安心。それ、九太夫の家来はおらんか。迎えの駕籠をよこせ」

ハッと答えて家来が駕籠を持って出て来ました。

「さあ、伴内さん、お乗りなさい」

「まず、お年寄りのあなたのほうが、どうぞ、どうぞ」

「それなら、ご免」

と九太夫が駕籠に乗り移れば、

「いやなに、九太さん。噂《うわさ》によると、ここにあの勘平《かんぺい》の女房が勤めていると聞きましたが、あなたはご存じないか。九太夫さん……これ、九太夫さん」

と呼びかけても返事がないので、これはふしぎと駕籠の簾《すだれ》を引き開けたら、中には手頃な大きさの庭の飛び石が入っております。

「これはどうしたことだ。九太夫はあの伝説の松浦佐用姫《まつらさよひめ》のように、石にでもなられたか」

伴内があたりを見まわせば、こちらの縁の下から、

「これこれ、伴内さん。九太夫が駕籠抜けの計略は、先ほど力弥が持参した手紙がどうも気がかりなため。様子を見届けて、あとから知らせましょう。あなたはわしが帰るふうに装って、やはりその駕籠に付き添ってお行きなさい」

「わかった、わかった」

と肯《うなず》き合い、駕籠には人が乗っているふうに見せながら、伴内は一人しずしずと帰って行きます。

ちょうどその頃、二階では勘平の妻のお軽《かる》が酒の酔いを醒ましておりました。早くも遊廓の雰囲気に馴《な》れた様子で、風に吹かれて気晴らしをしているところに、由良之助の声が聞こえてきます。

「ちょっと行ってくる。由良之助ともあろう侍が、大切な刀を置き忘れたとは。すぐに取ってくる。その間に床の間の掛け軸もかけ直して、炉の炭も足しておけ。ああ、

それ、それ、それ、こっちの三味線を踏み折ってはならんぞ。これはどうしたことだ。九太はもう帰られたようだ」

また物悲しい艶歌が流れて参りました。

♪父よ、母よと泣く声聞けば、それは雌鳥を慕い鳴く鸚鵡《おうむ》の口真似《まね》やなんて。ええ、なんのこっちゃ、よしとくれよ……

由良之助はあたりを見まわしながら、軒にぶら下がった釣灯籠《つりどうろう》の明かりで先ほど力弥が持参した長い手紙を読み始めます。それは判官の奥方から敵の様子を細々と知らせた手紙なのですが、女性が書いたものは話の順序が逆だったり、丁寧語が多くて読むのがなかなか捗《はかど》りません。

二階で涼んでいたお軽はこれを他人の恋文かと見てうらやましく思いながら、上から見おろしておりましたが、夜でもあり、遠いこともあって文字の形がおぼろげなので、思いついて懐中鏡を取りだし、それに映して文章を読み取ります。

一方、縁の下に潜んでいた九太夫は、下に繰り降ろされた手紙を月明かりに透かして読んでいますが、神様でもない由良之助がそれを知るはずはございません。

ところがお軽の髪に挿した簪《かんざし》がゆるみ始めてポトンと下に落ちた瞬間、由良之助はハッと上を見あげて後ろ手に手紙を隠しました。縁の下では九太夫が由良之助の後ろ手から垂れ下がった手紙を、これ幸いと引きちぎってほくそ笑んでおります。

二階ではお軽が鏡の光を隠して声をかけました。

「由良さんか」

「お軽か。お前はそこで何をしておる」

「わたしゃあなたに酔いつぶされて、あんまり苦しいんで、酔い醒ましの風に当たってたのよ」

「ふうん、そうか……よくぞまあ風に当たってたもんだ……。いや、お軽、ちょっと話したいことがあるが、屋根越しだと天の川を挟んだようで、ここからは話せん。ちょっと下に降りてもらえんか」

「話したいというのは、何か頼みたいということなの？」

「まあ、そんなとこだ」

「なら階段のほうへ回ってそこに行きましょう」

「いやいや、階段のほうから降りたら、また仲居が見つけて酒を飲ますだろうし、さあどうするかなあ。ああ、これだ、これだ。幸いここに九段梯子《くだんばしご》がある。これを使って降りてくれ」

と一階の小屋根に梯子をかければ、

「この梯子だと勝手が違って、おお、怖い。何だかこれは危ないわ」

「大丈夫、大丈夫。危ないとか怖いとかいったのは昔の話だ。今はもう三段ずつまたいでも、あそこが裂けて薬が要るような年頃でもあるまい」

「バカなことをいわないで。船に乗ったように揺れて、怖いわ」

「おお、道理で船玉《ふなだま》様と呼ぶ女のあそこが見えるぞ」

「あら、覗《のぞ》いたらだめよ」

「男の迷いを晴らすよう、洞庭湖《どうていこ》の秋のお月様を拝み奉るといったところだ」

「嫌ねえ。そんならもう降りないわよ」

「降りないなら降ろしてやろう」

　由良之助がお軽の体に手をかけると、

「あら、また悪さをして」

「やかましい。処女か何かみたいに騒ぎたてなさんな。これだと体位が逆になるが」

と背後からじっと抱きしめて、お軽の体を抱き下ろしたところで、

「どうだ、お前さんは手紙をご覧になったのか」

「はい……いいえ」

「見ただろう、見ただろう」

「はい、何だか面白そうな手紙」

「あの階上《うえ》からみんな読んだのか」

「ええ、くどいわねえ」

「ああ、わが身の一大事となってしまったか……」

「何のことかしら」

「何のこととは、お軽、古くさい言い方だが、お前に惚れた。女房になってくださらんか」

「冗談はよして。嘘《うそ》でしょ」

「さあ、嘘から出た真実《まこと》でなければ、ここまではせん。頼むから、はい、といってくれ」

「いや、いわない」

「なぜだ」

「あなたがいうのは嘘から出た真実なんかじゃない、誠から出た嘘なんだもん」

「お軽、身請けしてやろう」

「ええっ！」

「嘘ではない証拠に、今夜中にわしが金を払って身請けをしよう」

「うん、でも、わたしには……」

「情夫がいるならいっしょにさせてやろう」

「それはまあ、本当なの」

「侍が神仏にかけて誓うんだ。三日でもわしの側に置いたら、あとはお前の勝手次第。好きにすればいい」

「ええ、嬉しゅうございます、といわしておいて、笑う気なのね」

「いや、すぐにここの亭主に金を渡して、今直《ただ》ちに手続きをさせよう。心配しないで待っていてくれ」

「そんならきっと待ってるわよ」

「金を渡してくる間、どこへも行ってはならん。お前はわしの女房だぞ」

「それもたった三日間のね」

「承知の上だ」

「ありがとうございます！」

またも艶歌が聞こえて参りました。

♪世にも不運なものは、わたしの身の上。好きな男に幾多の思い。ええ、どうしたの、およしなさいな。男を偲《しの》んで夜に鳴く千鳥……

こうした奥で歌う唄《うた》がまるで自分の身の上のような気がして、お軽がいろいろ思案をめぐらしている最中に、ちょうどそこに来合わせたのは平右衛門です。

「妹じゃないか」

「やあ、兄さんか。恥ずかしい場所で会っちゃった」

とお軽が顔を隠せば、

「気にするな。関東からの戻りがけにお袋と会って詳しい話は聞いた。夫のため、ご主人のため、よくぞ売られた。お前は立派だ、立派だぞ」

「そう思ってくださるなら嬉しいわ。それがまあ、喜んでちょうだい。思いがけなく今夜ここから身請けをしてもらえるはずなの」

「そいつはめでたい。で、誰のお世話になるんだ?」

「あなたもご存じの、大星由良之助様のお世話で」

「何だと。由良之助さんに身請けをしてもらうだと。それは以前からのお馴染《なじ》みさんということなのか?」

「ぜんぜん。こないだから二、三度お酒の相手をしたばかり。なのに夫があるならいっしょにさせてやろう、自分との縁を切りたければ切ってやろうという、何だか結構すぎた身請け話なのよ」

「それじゃ、お前が早野《はやの》勘平の女房だと……」

「いいえ、知らずになのよ。遊女勤めは親や夫の恥だから、どうして打ち明けたりなんかするもんですか」

「むむ、それじゃ本心から放蕩者なのか。これでご主人の敵討ちをする気はないと決まったな」

「いいえ、それが兄さん、あるのよ、あるのよ。大きな声じゃいえないけど」

これこれこういうことなのよと囁《ささや》けば、

「ふむ、じゃあ確かにその手紙を見たんだな」

「残らず読んだそのあとで、互いに見合わす顔と顔。それから向こうが急にでれでれし始めて、すぐ身請けの相談になったのよ」

「なら、その手紙を残らず読んだあとでなのか？」

「そうよ」

「うん、それでやっとわかった……妹よ、とても助からん命だ、いっそ俺にくれ」

平右衛門が刀を抜くなり勢いよく斬《き》りつけると、お軽はさっと飛び退《の》いて、

「やだ、兄さん。わたしがどんな間違いをしたってわけ。勘平という夫もあれば、両親もまだちゃんと生きてるからには、いくら兄さんだって、あんたの自由にはさせな

いわ。身請けされて、親や夫に会おうと心待ちにしてるのよ。どんなことでも謝ります。どうか許してちょうだい」

と手を合わせて拝めば、平右衛門も抜いた刀を投げ捨てて、その場にがばっと突っ伏し悲嘆の涙にくれます。

「可哀想な妹よ、お前はほんとに何にも知らんのだな。親の与市兵衛《よいちべえ》は六月二十九日の夜、人に斬られてお亡くなりになったんだ」

「ええっ、それはまあ……」

「こら、まだびっくりするな。身請けをされて一緒になろうと思っている勘平も、腹を切って死んだんだ」

「ええ……それは、まあ、本当なの……ホント、ねえ、ねえ」

と、お軽は平右衛門にすがりついて、わあっとばかりに泣き崩れます。

「おお、もっともだ、もっともだ。事情を語れば長い話になる。おいたわしいのはお袋様だ。いいだしては泣き、想いだしては泣き、娘の軽に聞かしたら泣き死にをするだろうから、決して話してくれるなと頼まれた。俺もいうまいとは思ってたんだが、とても助からんお前の命。

その理由《わけ》というのは、忠誠心一途《いちず》に凝りかたまった由良之助さんのことだ。お前を勘平の女房と知らないのなら、身請けをする意味もない。もとより色事に溺《おぼ》れたわけではなおさらなく、ただお前に手紙を見られたことが、あの人にとっては一大事だったんだ。それでお前を身請けして、刺し殺す考えが根底にあるものと確かにみた。仮にそうでないにしろ、壁に耳ありで他から洩《も》れても、それがお前の罪にされる。そもそも秘密の手紙を覗き見したのが間違いで、お前はどうしても殺さなくてはならんのだ。それならいっそ人手にかけるより、俺の手で殺してやる。大事な秘密を知った女は妹でも許されんと始末して、俺はそれを手柄に敵討ちの仲間入りでお供をするつもりなんだ。

俺のような身分が低い者の悲しさは、人より優れた心根を見せないと、敵討ちの人数の中にも加えてもらえんことさ。どうか、そこをわかって、俺に命をくれ。妹よ、死んでくれえっ」

と筋道を立てて話す兄の言葉に、お軽は始終しゃくりあげ、しゃくりあげして泣いております。

「勘平さんからの便りがないのは、わたしが身を売ったお金を役立てて、もう旅立たれたんだろうか。それならそれで別れを告げに現れそうなもんだと、恨んでばっかりでした。勿体《もったい》ないけど、父さんは不慮の死でもお年寄りのことだから。でも勘平さんは三十になるやならず。その若さで死ぬのはさぞかし悲しかっただろう、悔しかっただろう、わたしにも会いたかっただろうに……なぜ会わしてくださらなかったの。親や夫が死んだのも知らずに、精進潔斎《けっさい》すらしてなかったわたしは、なんて不幸な巡り合わせなのかしら。この先どうして生きてられましょう。でも兄さんの手にかかって死ねば、きっと母さんがあなたをお恨みなさいます。だからわたしが自殺したあとで、首なりと死骸《しがい》なりと、それが手柄になるのなら使ったらいいわ。さようなら、兄さん」

お軽がそういいながら刀を取りあげたところで、

「やあ、しばらく待て」

と止めるのは由良之助その人です。

これに平右衛門はハッと驚きました。由良之助はお軽が「放して、殺して」とジタバタ騒ぐのを取り押さえ、

「おお、兄妹とも立派なもんだ。疑いは晴れた。兄は鎌倉へのお供を許す。妹は生きながらえて、死者たちの来世を願って供養するがいい」

「さあ、その供養はわたしが冥土《めいど》へお供すること」

と刀をもぎ取ってお軽がなおも自らに刃を当てようとすれば、由良之助はその刀に

自分の手をしっかり持ち添えながら、

「夫の勘平は敵討ちの誓約書に血判を捺させて仲間に加えたが、敵を一人も討ち取らないと、あの世でご主人に言い訳ができんだろう。その言い訳には、これ、ここだ」

と畳の隙間《すきま》にぐっと突っ込んだところ、床下に潜んでいた九太夫が肩先を刺し通されて七転八倒です。

「それ、引きずりだせ」

との命令より早く縁先に飛び降りた平右衛門は、赤い血に染まった九太夫の体を脇《わき》目《め》も振らずに引きずりだし、

「ひゃあ、これは九太夫の野郎だったか。ははん、いい気味だ」

と引っ立てて由良之助の目の前に放りだします。

由良之助は九太夫を起きあがらせもせず、髷《まげ》の根元をつかんでぐっと引き寄せ、

「獅子身中の虫とはお前のことだ。わが殿より高給を頂戴して莫大なご恩をこうむりながら、敵師直の間諜《スパイ》となって、あることないことよくも内通しやがったな。

四十余人の者たちが親に別れ、子に離れ、一生連れ添う女房に遊女勤めをさせるのも、亡き主人の敵を討ちたいがため。寝ても覚めても、夢うつつにも、ご切腹の時を想いだしては無念の涙を流し、内臓を絞られるような苦しみなんだぞ。

特に今夜はご命日の前夜だから、口ではいろいろ不謹慎な話をしても、慎みの上にも慎みを重ねているこの由良之助に、さっきはよくも魚肉を突きつけたなあ。嫌ともいわれず、いいともいえぬ胸の内の苦しさ。祖父の代から三代にわたってご恩を受けたご主人の命日前夜に魚肉を喉《のど》に通した時の心境はどんなだったと思う。全身が一度に悶《もだ》え苦しみ、体内すべての骨が砕けるようだったんだぞ。ええ、この地獄の番人め、魔王め」

と九太夫の顔を地面にこすりつけ強く押しつけて、無念の涙にくれましたが、

「おい、平右衛門。先ほどわしがここに錆刀を置き忘れたのは、こいつをなぶり殺しにしろという天の知らせだ。命を取らずに苦痛を与えろ」

「承知致しました」

平右衛門は刀を抜くよりも早く躍りあがったり、飛びあがったりして斬ったところでわずか二、三寸（数センチ）に過ぎず、九太夫は全身くまなく傷だらけとなって苦痛にのたうち回り、

「平右さん、お軽さん、どうぞお詫《わ》びを申しあげてくれ」

と手を合わせ、以前は足軽ふぜいとして目もくれなかった寺岡平右衛門に何度も拝むようにして頼むのは、実に見苦しい限りでございました。

「この場で殺したら、あとで言い訳が面倒だ。飲んで酔っ払ったふうにして屋敷に連れて行け」

由良之助がそういいながら九太夫の体に羽織をかけて傷口を見えないようにしたところで、この場の様子を奥で隠れて聞いていた矢間、千崎、竹森の三人が障子をがらっと引き開けてこういいます。

「由良之助さん、重ね重ねお詫びを申しあげます」

これを聞いた由良之助は意気揚々と命じました。

「それ、平右衛門、飲んで酔っ払ったその客に、加茂川《かもがわ》で、なあ……水雑炊《みずぞうすい》ならぬ川水をたっぷり飲ませて成仏させろ」

「はあぁ」

「行けっ」

第八　花嫁の旅路

誰がいいだしたのか、この世の中はなかなか安定しないで、絶えず深い淵《ふち》と浅瀬を入れ替える飛鳥川《あすかがわ》のようなものだとか。今や扶持《ふち》と知行という収入に見離され、身を寄せるあてもない浪人並みの下流の人となった大星《おおぼし》家と結んだ縁が、そもそもの間違いだったのでしょうか。

間違いといえば塩冶判官《えんやはんがん》の間違いから、大星力弥《りきや》との仲が堰《せ》き止められて、恋もままならなくなったのは加古川《かこがわ》家の娘小浪《こなみ》。婚約はしても、結納も受けないまま振られて捨てられた恰好で物思いに沈んでおりました。

母の思惑は京都の山科《やましな》にいる婿の力弥をあてにして、向こうの家に押しかけ無理にでも嫁入りさせようというものです。が、昔通りの加古川家とは違い大星家は没落したことでの遠慮があって、小間使いの女中は連れずに駕籠《かご》乗物もやめて、親子二人きりの旅で都の空を目指しております。

雪のように白い娘の肌もこの寒空で寒紅梅のように赤らんで、手先もしらずしらず凍えながら坂を越えると薩埵峠《さったとうげ》にさしかかり、振り返って見れば富士山の煙が空の彼方《かなた》に消えて行きます。あの煙のように先の行方がわからない娘の不安な気持ちを晴らすため、母は指さして、あれは嫁入りの時に門口で焚《た》く火のように見えるわねえと宥《なだ》めます。

そうした祝いの言葉を口にして美保《みほ》の松原まで来ますと、松並木の街道を所狭しと立派な大名行列が通って、どこの大名とは知れないものの何だかうらやましく見えました。

ああ、世が世ならあのように、一生に一度の晴れの結婚式は華々しい行列を組んで派手にできたのに、とは思いながらも、駿河《するが》府中の城下町を過ぎれば気が晴れて、母の心もいそいそとして参りました。

夫婦の盃《さかずき》が済んだあとの寝室での親密な語らいや囁《ささや》きは親子の間でも知らないものなのよ、などといいながら親しらず子しらずの険しい難所を通り過ぎ、宇津山《うつのやま》の蔦《つた》のからまる細道を母子でもつれ合うようにして登りながら、男女の体がこうしてもつれ合うのも嬉しいものよ、と母が娘の手を引けば、あら、お母様ったら、嫌らしいことをおっしゃるのねえ、と娘は母親の色っぽ過ぎる話を脇《わき》へそらして鞠子《まりこ》川《がわ》を渡り、宇津山の麓《ふもと》に辿《たど》り着きました。

「伊勢《いせ》物語」に「宇津の山辺の現《うつつ》にも……」という歌がありますが、現実に殿方と初めてするのは、瀬戸《せと》の名物染飯《そめいい》のおこわではないけれど、怖いのかしら、恥ずかしいのかしら、嬉しいのかしら、と娘はあれこれ想像してしまって胸がいっぱいになります。

大井《おおい》川《がわ》の水の流れのように人の心も流されて、もしかしたら力弥が心変わりしてないだろうか、日陰に咲く花のような世間に隠した女がいるのではなかろうかと、つい言ってしまったのは島田の宿。娘はそこで島田髷《まげ》をきれいに結って、憂さ晴らしを致しました。

自分の身の上がこんなふうだと他人は知らぬげに白須賀《しらすか》の橋を越え、さらに行けば吉田宿や赤坂宿で客を招く遊女たちが声をそろえて次のように歌っております。

♪男女の縁を結ぶなら清水寺《きよみずでら》へ参りなさい。音羽《おとわ》の滝にざんぶりざー、毎日そういって拝むのよー。ああ、そうよー、紫色雁高《しきがんこう》の素敵な男根《ペニス》をわたしの女陰《あれ》に入れてお願いー、神楽《かぐら》太鼓にヨイコノエイ。こっちの昼寝を覚まされちゃった。都会の紳士に会ってこの大変さを話したいわー。そうよ、そうよ。もしも夫婦や母さんにもなれるとしたら、それはお伊勢さんの引き合わせー。

こうした田舎《いなか》めいた歌も自分には吉兆になるのかもと鳴海《なるみ》の海岸を通り過ぎ、熱田《あつた》神宮のお社《やしろ》はあれかしらと見ながら、宮《みや》宿から桑名《くわな》宿へは海上七里（二十七キロほど）の船渡しで帆を揚げて、櫓《ろ》を漕《こ》ぐリズムもそろえてヤッシッシ。

舵《かじ》取る音は鈴虫か、いや、きりぎりすの鳴き声にも似てますが、「きりぎりす鳴くや霜夜の……」は夜更けを詠んだ歌でも、渡し船は暮れまでという時限があるから急がないといけなくて、母が走れば娘も走り、折しも空から降ってきた霰《あられ》よけに笠をかぶります。

船渡しで同船の乗客とはあとや先となり庄野宿《しょうのしゅく》、亀山宿《かめやましゅく》を過ぎ、ひとまず関宿《せきしゅく》でせき止められました。ここは伊勢街道と東海道の分岐点なので駅路の鈴も賑《にぎ》やかに鳴り響き、その鈴鹿峠《すずかとうげ》を越えれば「間《あい》の土山《つちやま》雨が降る」と皆が口々にいいはやす土山宿に辿り着いて、そこからさらに水口宿《みなくちしゅく》、石部宿《いしべしゅく》と続きます。

琵琶湖《びわこ》の渡しの石場では、小浪が大石や小石を拾って、まるでわが夫のように大切《だいじ》に撫《な》でさすったり、手に載せたりしておりました。が、もうここまで来ればすぐにでも本物の力弥に会って顔が見られるのですから、大津《おおつ》や三井寺《みいでら》の麓は速やかに越えて、山科にほど近い人里へと急ぎ行くのでした。

第九　山科の雪転がし

別に風流を求めたのでも洒落《しゃれ》たわけでもなく、仕方なしに京都郊外の山科《やましな》で侘《わ》び住まいをする由良之助《ゆらのすけ》。昨夜の雪は祇園《ぎおん》町のお茶屋でやり過ごして、雪がやんで夜が明けてから幇間《たいこもち》や仲居に送られての朝帰りをしておりました。

まだ酔いが残るせいか、帰る早々ふざけて雪転がしを始めたものの、雪を転がすどころか足元がふらついて雪に転がされる始末で、身分や立場をまるで忘れた遊びっぷりです。

「旦那《だんな》、もし旦那」

と幇間が呼びかけて、

「お座敷の眺めがようございますなあ。お庭の竹藪《たけやぶ》が雪を持ったようになったとこは、まるで絵に描いた通りで結構やないですか。なあ、お品《しな》さん」

「さあ、この眺めを見てたら、他はどこへも行きとうはございまへんでしょうなあ」

「フン、『朝夕に見ればこそあれ住吉《すみよし》の、岸の向かいの淡路《あわじ》島《しま》山』という歌があるのを知らんのか。見慣れた景色はつまらんもんさ。いくら自慢の庭でも、家で酒は飲めん、飲めん。ええ、無粋《ぶすい》なやつだなあ。さあさあ、奥へ行こう、奥へ、奥へ。奥方はどこだ。お客さんだぞ」

飛び石伝いで先に歩いて行く由良之助ですが、言葉もしどろもどろなら足元もよろけまくって見える一杯機嫌でございました。

お戻りらしいとあって、女房のお石《いし》は軽くお茶を淹《い》れて出て来ましたが、それはお茶屋の茶よりも心のこもった出花の香りがして、嫉妬《しっと》もせずに「お寒かろう」と挨拶《あいさつ》して差しだすお茶は塩をきかせたいい酔い醒《ざ》ましです。

　ところが由良之助はそれを一口飲んで残りは庭に捨て、

「おい、お前、無粋だぞ。せっかく酔っ払って面白いのに酒の酔いを醒ませだなんてさあ。あーあ。ああ、それにしてもよく雪が降り積もったもんだ。いかにもよそのやつらが、女房はさぞかし待ちかねて嫉妬《やきもち》をやいてたように見そうだよ。

　それ謡《うたい》にも雪は鵞鳥《がちょう》の羽毛に似て飛んでは散乱するというように、柔らかく打った綿《わた》は雪に似て着物の中入綿《なかいれわた》にもなるが、妻は母さんと呼ばれたら途端に所帯じみるというじゃないか。

　加賀絹の腰巻きに包まれた、お前さんのアソコへお見舞いするのが遅くなってしまうのはご容赦願いたい。伊勢海老《いせえび》と盃《さかずき》や、上野にある穴稲荷《あないなり》の玉垣は赤くないと信心も薄れるというようなもんで、女も年を取って見た目が変わると、男はもうその気になれんのだ……おやっ、これ、これ、これ、脚が攣《つ》ってこむら返りになったぞ。足の親指を折ってくれ、折ってくれ。おっと、よしよし。ついでにこうしてやろう」

　と由良之助は足先をお石の着物の中へ差し込んでいたずらを始めます。

「ああ、これ、悪ふざけをなさいますな。お慎みなさいませ。お酒が過ぎると、本当にたわいがない。皆様もご厄介なことでございましょう」

と、お石は穏やかにあしらいます。

力弥《りきや》はいつものことだと心得て奥から出てくると、

「もし、母上。お父様はもうお寝《やす》みになったのでしょうか。これを差しあげてくださ
い」

と枕《まくら》を差しだし、親子ですることは違っていても、内心は共に丸太を挽《ひ》き切った堅い木枕で寝るような緊迫感に溢《あふ》れています。

「おお、おお」

と由良之助は夢うつつのように応じて、力弥は祇園町からついて来た連中に、

「いや、もう、みんな帰ってくれ」

「はい、はい、はい。そんなら旦那へよろしゅう。若旦那はもうちょっとおいでくださいな」

幇間や仲居たちは互いに目で知らせ合い、去り際もぐずぐずしながら帰りました。

由良之助はこちらの声が届かないあたりまで彼らを行かせたところで、枕から頭を上げて、

「やあ、力弥。遊びにかこつけて丸めたこの雪にはそれなりの考えがあるんだが、お前はどう解釈する」

「はっ。雪というものは降る時は少しの風にも散って、いかにも軽いものでございますが、あのように一丸となった時は、峰の吹雪《ふぶき》で岩をも砕くように大石同然の重さとなります。重いといえば忠誠心。その重い忠誠心を持って丸めた雪も、あまりに延期し過ぎては溶けてしまう、という思いでお作りになったのではないかと」

「いやいや、違うぞ。この由良之助親子や原郷右衛門《ごうえもん》など誓約書に判を捺《お》した四十七人の人たちはな、みんな主人のいない日陰者だ。日陰にさえ置いておけば、雪が溶けることはない。まあ、敵討ちを急ぐ必要はないということだ。ここは日当たりがいいから裏の小庭へでも入れておけ。蛍《ほたる》の火を集め、窓の雪を積んで本を読むというのも、学者の気が長い証拠さ。女房よ、裏庭の潜《くぐ》り戸を中から開けてやってくれ。わしは堺《さかい》へ手紙を書く。飛脚が来たら知らせてくれよ」

「はい、はい」

と、お石は返事をして裏庭との間の潜り戸を開け、力弥は丸めた雪を転がし込んで戸を閉めます。由良之助も障子を閉めて奥に入って行きました。

由良之助という人の心は奥深くて、今の住まいもまた奥深い山科にありますが、その隠れ家を尋《たず》ねてここへ来る人は、加古川本蔵行国《かこがわほんぞうゆきくに》の妻、戸無瀬《となせ》でございます。道案内に頼んだ駕籠《かご》乗物を傍らに待たせてただ一人、刀と脇差《わきざし》を腰に差して、さすがに行

儀よく庵《いおり》の戸口に立つと、

「ごめんください、ごめんください」

という声に襷《たすき》を外して飛んで出て来るのは、昔のように立派な取り次ぎの侍ではなく、今は下女のりんで、「だあれ」という声も無愛想な調子です。

「はい、大星《おおぼし》由良之助様のお宅はこちらですか。もしそうならば、加古川本蔵の妻、戸無瀬でございます。まことにその後はご無沙汰《ぶさた》を致しておりますが、少しお目にかかりたいことがあってはるばるやって参りましたとお伝えになってください」

と中に伝言させて表のほうでは、

「乗物をこちらに」

と担ぎ寄らせます。

「娘、ここへおいで」と呼びだせば、駕籠の引き戸を開けて中から出て来た小浪《こなみ》は、まるで谷の入り口から鶯《うぐいす》が飛びだして梅を見つけた時のようなにっこりした笑顔で、目深《まぶか》にかぶった綿帽子の内から、

「あのう、力弥様のお屋敷はもうここなのかしら。わたし恥ずかしい」

というのも色気に満ちております。

この間に下女は取り散らかしたものを片づけて「まずお入りくださいまし」の挨拶

で、

「駕籠の者は皆お帰り。ご案内をお願いします」

と戸無瀬がいうなり娘の小浪はいそいそとして、母に付き添いきちんと座れば、お石がしとやかに出迎えました。

「これは、これは、お二人ともようこそおいで。もっと早くお目にもかかるはずが、お聞き及びの通り、今の身の上で、お訪ね戴《いただ》いてもお恥ずかしい限りです」

「あれまあ、改まったご挨拶は恐れ入ります。あなた様にお目にかかるのは今日が初めてですが、以前ご子息の力弥様に娘の小浪を婚約者と致しましたからは、あなた様にしろ、わたくしにしろ、互いに姑《しゅうとめ》同士ではございませんか。ご遠慮には及びません」

「これは、これは、ご挨拶痛み入ります。ことにお仕事のお忙しい本蔵様の奥様が、この寒空だというのに思いがけないご上京。戸無瀬様はともかく、小浪お嬢さんはさぞかし京都が珍しいでしょう。祇園、清水《きよみず》、知恩院《ちおんいん》、方広寺《ほうこうじ》の大仏様はご覧になりましたか。金閣寺《きんかくじ》を拝見なさるなら、よいツテがありますよ」

気がねのないお石の挨拶に小浪はただ「はい、はい」も口の中でいうばかり、綿帽子も取れないほどに気恥ずかしい様子です。

戸無瀬は居ずまいを正して、

「今日参りましたのは他でもございません。ここにいる小浪が婚約を致しまして後、ご主人塩冶《えんや》様に思いがけないご不幸が起こりまして、由良之助様と力弥さんのお住まいも定かでなく、そんなふうに絶えず移り変わるのが世の中のありようだと申しましても、変わらないのは親心。あれこれと問い合わせ、この山科においでになることをお聞きしましたので、こちらも年頃の娘を早くお渡ししたさに、はなはだ押しつけがましいようですが、ここへ連れて参りました。

夫もいっしょに来るべきはずが、お勤めで暇のない身の上ですから、この大小二本の刀を夫の魂と見立てて、これを差せばつまり本蔵の代理とわたくしの役目の二人分を兼ねることになります。由良之助様にもお目にかかった上で、早く式を挙げて落ち着きたい。幸い今日はお日柄も好《よ》いので、ご用意をなすってくださいまし」

と挨拶した。

「これは思いも寄らぬお話。夫由良之助は折悪《おりあ》しく外出中ですが、しかしながら、もし家におりましてお目にかかったら、まあ、こんなふうに申すのではないかと。

ご親切のほど大変にありがたく存じます。ただ婚約をした際は、亡き殿のご恩に与《あずか》ってお給料を頂戴《ちょうだい》しておりましたので、本蔵様のお嬢様をもらいましょう、それならばやりましょうと、口約束は致しました。

けれど現在は浪人の身で、使用人も置けない家に、いかに約束をしたからといって、立派な加古川家のお嬢様をお迎えするなどとは、それこそ下世話にいう提灯《ちょうちん》に釣り鐘で、釣り合わない縁は夫婦仲が壊れるもと。それそれ、まだ結納を交わしたというわけでもないし、どこへなりとご遠慮なく他家へお嫁におやりなさいませ、といわれるでしょうねえ」

戸無瀬はそれを聞いてハッとはしながらも、

「あれまあ、お石様のおっしゃることはどうでしょう。いかに卑下なされるにしろ、本蔵と由良之助様とでは身分や収入が釣り合わないだなんて。そんならこっちも申しましょうか。わたくしどもが仕える主人の家は小規模なので、家老を務める本蔵の給与は五百石。片や塩冶様は立派な大名だから、ご家老の由良之助様は千五百石。つまり本蔵の給与とは千石違うのを承知の上で婚約なさったのではございませんか。現在はご浪人中とはいえ、本蔵の給与とはまるまる違っても五百石でしかありません」

「いや、そのいい方は間違いです。五百石はともかく一万石違っても、心と心が釣り合えば、金持ちの娘でも嫁にしないわけではないんですよ」

「ふうん、これは肝腎《かんじん》の聞きどころ。お石様、心と心が釣り合わないとおっしゃるのはどういう心のことなのか、さあ、聞きましょう」

「主人塩冶判官《はんがん》様がお亡くなりになったのは思慮が足りなかったからといっても、根は正直なお心から起こったこと。それに引きかえ、師直《もろなお》にお金を贈って媚《こ》びへつらう、おべっか武士の桃井《もものい》から給与を戴く本蔵さん。片や主人は二人と持たないという武士の節操を守る由良之助の大切な息子に、釣り合わない嫁は持たせられませんよ」

　と聞かされるのも我慢がならず、戸無瀬は座る体勢を変えて、

「おべっか武士とは誰のことよ。事の次第によっては聞き捨てなりませんよ。が、そこを許すのは娘が可愛いから。夫に従うのは妻として当然のこと。式を挙げようと挙げまいと、婚約をしているからには正々堂々と力弥の妻に」

「ふうん、面白いわねえ。妻なら夫のほうから離婚をするわ。力弥に代わってこの母が離婚、離婚ですよ」

　そうきっぱりといい切ったお石は、互いの心を隔てたように襖《ふすま》をぴしゃりと閉めて奥へ入って行きました。

　娘はわあっと泣きだして、

「せっかく好き同士で婚約した力弥様に、会わせてやろうというお言葉を頼りにして来たのに、お姑《かあ》様は不人情にも離婚だなんて。わたし離婚される覚えはないわ。お母

様どうぞお詫《わ》びをして、式を挙げさせてくださいまし」

と、すがりついて泣けば、母親は娘の顔をしみじみと見つめながら、

「親のひいき目かも知れないけど、本当にお前の顔なら十人並み以上の娘よ。誰かいいお婿さんをと探して婚約した力弥さん。それをわざわざ訪ねて来た甲斐《かい》もなく、婿にも知らさずに離婚だなんて、嘘《うそ》にもいえないはずじゃないの、お石さん。姑の勝手で離婚されるなんて納得できない。

ふうん、さては浪人して生活のあてがなくなったから、家柄のいいのを宣伝し、金持ちの町人の婿になって、恥も外聞も忘れたというわけなのね。ねえ、小浪。あの男の根性は今いった通りなのよ。お前を嫁に欲しいというところは山のようにあるんだから、離婚された当てつけに、よそへ嫁入りする気はないの？　ねえ、ここは大事なとこよ。泣いてないで、しっかり返事をなさい。ねえ、どうなの、どうなの」

と娘に尋ねる母親の気持ちは弓のようにぴんと張りつめております。

「ああ、お母様は情けないことをおっしゃるのね。故郷《くに》を出る時に、お父様はこうおっしゃったわ。浪人しても大星力弥。行儀のよさといい、能力といい、立派な婿を取ってお前は幸せだ。貞淑な女は二人の夫は持たないというから、お前はたとえ夫に死に別れても、再婚はするなよ。そういうことは夫のいる女が不倫をするのも同然なん

だぞ。必ず、必ず、寝ても覚めても夫が大切だということを忘れるんじゃない。由良之助夫婦の方々にも孝行しなさい。いくら夫婦仲がよいからといって、ほんの一時《いっとき》でも嫉妬《やきもち》なんかやいて離婚されたりするなよ。こちらに心配をかけまいとして隠したりはせずに、妊娠したらすぐに知らせてくれとおっしゃったのを、わたしはよく覚えています。離婚されて戻ったら、お父様へ苦労に苦労をかけることになってしまうわ。どういわれようと、どんな理屈をつけられようと、力弥様以外の男性なんてわたしは嫌よ、嫌なのよ」

一途《いちず》に恋を貫く娘の真情を母親は聞くに堪えかねて涙を流し、こちらも一途に思いつめて覚悟の刀を勢いよく抜きました。

「お母様、これはどういうこと」

と娘に強く止められて母親は顔を上げます。

「どういうこととは情けないわねえ。今もお前が話した通り、娘に甘い父親の常で、一時も早く式を挙げさせて初孫の顔が見たいと喜んでらっしゃるところへ、まだ式も挙げないうちに離婚されて帰されましたといって、どうしてうちに連れて帰れるもんですか。かといって先方が承知をしなければ、どうしようもないじゃないの。ことにお前は先妻の子で、血のつながらない間柄だから疎《おろそ》かにしたのかと思われたら、わたしはどうにも生きていられない理屈よ。この通り、わたしが死んだあとでお父様に話して言い訳してくださいな」

「ああ、畏れ多いことをおっしゃらないで。夫に嫌われて、わたしこそ死ぬのが当然なのに、こうして生きてお世話になった上に、辛《つら》い目に遭わせてしまった親不孝者。いっそお母様の手で、わたしを殺してくださいませ。離婚されても夫の家。ここで死ねれば本望よ。早く殺してくださいまし」

「おお、よくいったわね。立派だわ。お前ばかりを殺しはしない。この母も冥土《めいど》の道連れ。お前をわたしの手で殺してから母もすぐにあとから逝《い》きます。覚悟はいいわね」

戸無瀬がけなげにも涙を止めて立ちあがろうとしたちょうどその時、尺八の音が流れて参りました。

「これ、小浪。あれ、あれをお聞き。表に虚無僧《こむそう》が吹く尺八の音。あれは『鶴《つる》の巣ごもり』という名曲よ」

あの曲のように、鳥類でさえ子を思う情けがあるというのに、罪もないわが子を自分の手にかけて殺すだなんて、なんと不運な巡り合わせの者同士がここに集まったのかと思えば、戸無瀬は足が立つのもやっとのことで、刀を握るこぶしも震えます。そ

の震えるこぶしをなんとか振りあげた刃の下に、小浪はおとなしく座って手を合わせ、南無阿弥陀仏《なむあみだぶつ》の念仏を唱えておりますと、

「ご無用」

と声をかけられて、戸無瀬が握ったこぶしは思わずたるんでしまい、表の尺八も同時にひっそりと静まりました。

「ああ、そうか。今ご無用と止めたのは虚無僧の尺八のことだったのね。娘の命を助けたい気持ちがいっぱいで、無用という声につい気後《きおく》れしたんだわ。未練だと嗤《わら》われちゃいけない。娘、覚悟はいいわね」

戸無瀬が再び刀を振りあげると、また尺八を吹きだします。と同時にまた「ご無用」の声が。

「ええ、もう、またご無用といったのは、表の修行者に尺八をやめさせるつもりなの？　それとも刀を振りあげたわたしの手を止める気なの？」

「いや、刀のお手並みはご無用。息子の力弥と式を挙げさせましょう」

「ああ、そういう声はお石様。それは本当のこと？　真実《まこと》なんですか」

と戸無瀬が尋ねるうちにもお石は襖の中から「逢《あ》いに相生《あいおい》の松こそめでたかりけれ」と祝儀の謡曲「高砂《たかさご》」の一節を歌いながら、白木の台を目八分《めはちぶ》に捧げ持って出て

参りました。

「継母の間柄になる一人娘を殺そうとまで思いつめた戸無瀬様の心境、小浪さんの貞淑な女心がお気の毒なので、させにくい式を挙げさせます。その代わりに、世間並みでない嫁の盃を受け取るのはこの三方の台。ご用意の品があるなら、ここへどうぞ」

と白木の台を前に置けば、戸無瀬も少しは心が落ち着いて、抜いた刀を鞘《さや》に収めました。

「世間並みでない盃とは贈り物をお望みなんですね。この二本の刀は先祖代々から夫に伝わる品で、刀は正宗《まさむね》、脇差は波平行安《なみのひらゆきやす》の作。家にも、命にも代えられないほどの大切な家宝ですが、これを贈り……」

と、お終《しま》いまでいわさずに、

「浪人とバカにして、高価な二本の刀を万一の時には売り払えといわんばかりに婿へ贈り物とは。お願いしたいのはこれじゃありません！」

「ふーん、そんなら何がお望みなのです？」

「この台には加古川本蔵さんのお首を載せてもらいましょう」

「ええっ、それはまた、どうして……」

「ご主人塩冶判官様は高師直《こうの》にお恨みがあって、鎌倉のお城で一刀のもとに斬《き》りつけられました。その時、あなたの夫加古川本蔵がその場に居合わせて殿を抱き止め、邪魔をしたばっかりに、殿はご本望も遂げられず、敵はかろうじてかすり傷を負っただけ。殿はむざむざご切腹。口にこそされなかったが、その時の悔しいお気持ちから、本蔵さんには憎しみを抱かれて当然。そうではございませんか。

家来の身として、その加古川の娘をうかうかと妻にするような力弥だと思って式を望まれるのなら、この台へ本蔵さんの白髪首《しらがくび》を載せてもらいましょう。嫌だというのなら、われわれ夫婦はどなたの首でも切ってここに並べる所存です。それを見た上で夫婦の盃をさせましょう。さあ、さあ、承知か不承知か、その返事が聞きたい」

お石の鋭い理詰めの言葉に親子はハッとうつむいて、途方に暮れてしまったちょうどその時、

「加古川本蔵の首、差しあげましょう。お受け取りください」

と表に控えていた虚無僧が笠を脱ぎ捨てて、しずしずと家の中へ入ってきます。

「やあ、あなたはお父様」

「本蔵様、ここへはどうして……この姿は一体どうしたこと？　さっぱりわからないわ」

と責める妻。

「ええ、ざわざわと見苦しい。一部始終の様子は全部聞いた。お前たちに知らさずにわしがここへ来た理由はあとで話すから、まず黙っていろ」

と本蔵はお石に向かい、

「あなたが由良之助の奥方お石さんだな。今日はたぶんこういう成りゆきだろうと思って、妻子にも知らせず様子を窺《うかが》っていたこの加古川本蔵。予想に違《たが》わず、わしの首を婿の贈り物に欲しいというのか。ハハハハハ、いやはや、それは立派な侍がいうことだ。

主人の敵討ちをする気もなく、宴会三昧《ざんまい》で大酒を飲み、心が荒《すさ》んで放蕩《ほうとう》に身を持ち崩してしまうとは、日本一の阿呆《あほう》のお手本。蛙《かえる》の子は蛙になるで、親に劣らぬ大バカ野郎の力弥め。うろたえ武士の鈍刀《なまくら》の刃では、この本蔵の首は切れんぞ。バカもほどほどにしろっ」

と三方の台を踏み砕いた本蔵は、

「この壊れて縁が取れた台ではないが、扶持《ふち》から見離された浪人者は、こっちから婿には取らん。生意気な女めが」

お石は本蔵にお終《しま》いまでいわせずに、

「やあ、言葉が過ぎますよ、本蔵さん。浪人の錆刀《さびがたな》で切れるか切れんか、その切れ具合を見せましょうか。不肖ながらも由良之助の妻、お相手は望むところ、さあ、勝負、勝負」

と着物の裾《すそ》をからげて長押《なげし》に掛けた槍《やり》を素早く取り、本蔵に突きかかろうとする様子。本蔵の妻と娘は、

「これは短気な」

「まあ、待って」

と両者を抑えて隔てようとしますが、

「邪魔をするなっ」

と本蔵は二人を荒っぽく左右へ引き分けて退けます。間も置かずにお石が突っかけてきた槍の螻蛄首《けらくび》を引っつかんで捻《ひね》って払うと、お石は体を裏返しにしてそれを凌《しの》ぎます。今度は本蔵の両足めがけて縫うように槍の穂先を閃《ひらめ》かし、本蔵が穂先の峰を蹴りあげると、握った手が離れてお石は槍を取り落としました。

槍を奪われまいとお石が駆け寄ったところで、その腰に結んだ帯の結び目を引っつかんでどさっと床に投げつけ、お石を動かさないよう膝の下に組み敷いて押さえつける剛気な本蔵です。組み敷かれたお石は悔しさに歯ぎしりをして、戸無瀬と小浪の母娘がハアハアしながら心配しているところへ、奥から駆けだして来たのは大星力弥。

捨ててある槍を取る手も見せない素早さで拾った力弥は、本蔵の右あばらから左へ抜けよとばかりに刺し貫きます。本蔵はうんと呻《うめ》いてがばっと前に倒れ伏し、「これは情けないことを」と母娘が本蔵の体に取りついて嘆くのを目にも入れず、力弥はトドメを刺そうと槍を持ち直したところで、

「やあ、待て力弥、早まるな」

と由良之助が現れて槍を引き止め、傷ついた男に向かい、

「あの時お別れして以来、久しぶりの対面ですなあ、本蔵さん。目論見《もくろみ》が念願通りに行って、婿の力弥の手で命を取られるのは、さぞかし本望でございましょうなあ」

と図星を指した大星の言葉に、本蔵は目を見開きます。

「この間、主人の鬱憤《うつぷん》を晴らそうと心を砕き、遊廓《ゆうかく》での付き合いに敵を油断させて、徒党の人数は揃《そろ》ったんでしょうなあ。

思えばあなたの今の身の上は、本蔵の身に起こるべきはずのことだったのだ。この春、鶴岡《つるがおか》八幡宮造営の際、主人の桃井若狭之助《わかさのすけ》は高師直に恥をかかされて大変に憤り、わたしをひそかに呼んでかくかくしかじかと物語られた。明日は御殿で出くわしたら一刀のもとに討ち果たすと思いつめられたお顔の色は、止めても止まらぬ若気の短慮。桃井家は収入に乏しいため、師直に贈った賄賂《わいろ》が少なかったことを根に持って辱め

たというのがわかっていたので、主人には知らせず、分不相応な金銀、衣服、進物の数々を大きな台に載せて師直へ持参し、心にもないおべっかを使ったのも、主人が大事と思うからこそ。賄賂がきいて、あっちから謝って出たために、主人は張り合いがなくなって斬るにも斬られず、恨みもあっさり晴れたのはいいが、相手代わって塩冶様の一大事となったのが、ちょうどその日のこと。相手の師直が死ななければ切腹にもなるまいと、抱き止めたのは本蔵の思い過ごし、一生の誤りでした。そのことがまさか娘の一大事になるとは夢にも知らずにいたこの白髪首を、婿殿へ差しあげたさに、妻と娘を先に上京させて」

と本蔵は妻子を顧みます。

「自分は師直に賄賂を贈って媚びへつらった過ちの責任を取り、辞職を願ってな、道を変えて、お前たちより二日早く京都に着いておったのだ」

妻子に事情を話すと再び由良之助に向かって、

「若い時に遊びで習い覚えた尺八の芸が役に立ったこの四日間で、あなたの考えをすっかり見抜いた本蔵。こうして手にかかって死ぬからには、恨みを晴らし、約束通りに、この娘を力弥といっしょにさせてくださったら、そのご恩はあの世に逝っても永遠に忘れません。これ、この通り、手を合わせてお願いします。主人への忠誠心からでなくては捨てないはずだった武士の命を、こうしてわが子のために捨てる親心。どうぞお察しください、由良さん」

という声も涙で咳《せ》き込めば、妻や娘は居ても立ってもいられず、

「本当にこんなこととはつゆ知らず、わたしが死に遅れたばっかりに、あなたがお命を捨てるだなんてあんまりな……」

「天罰が当たるようで恐ろしい。許してください、お父様」

母娘は突っ伏して泣き叫んでおります。その心情を思いやって、大星親子三人も共に悄然《しょうぜん》としておりましたが、由良之助は急に気を変えたような調子で、

「やあ、本蔵さん。立派な人間は罪を憎んでも人は憎まずというだけに、お互いの縁は縁、恨みは恨みとして、まったく違った対応もできたはずなのにと、さぞかし恨みに思ってらっしゃるだろう。だが、こうなったからにはもうこの世を去る人として、わしの心の底を打ち明けてお見せしよう」

と奥庭側の障子をからりと開ければ、そこにはもう先々のことを見越したように、雪を丸め固めて五輪の石塔の形が二基までも造られていて、それはまさしく大星親子の行く末を暗示しております。

戸無瀬は賢くもこういいました。

「なるほど、ご主人の敵を討ったあとはもう別の主人に仕えることなく、この世から消えるというお気持ちを込めたあの雪。力弥さんもその気持ちで、お石様が娘を離婚したという不人情なお言葉も、娘を可哀想だと思い余ってのことだったんですね。そうとも知らずにお石様を恨んだのが、わたしは悲しゅうございます」

「戸無瀬様、よくぞおっしゃってくださいました。末永くいつまでも幸せにとも祝えずに、すぐ後家になるとわかって嫁を迎えたなぞという、こんなめでたく悲しい話はございません。こういうことになるのが嫌さに、先ほどはひどく辛い言い方をしてしまって、さぞかしわたしが憎かったでございましょうねえ」

「いいえ、そんな、もう。わたしこそ腹が立つままに、町人の婿になって恥も外聞も忘れたかといったのが、恥ずかしいやら悲しいやらで、どうにも顔が上げられませんよ、お石様」

「戸無瀬様。家柄も能力も優れた子が、どうしてこんなに不運な生まれ方をしたかと思えば……」

と、お石はもはや声もなく涙で咳き込んでおります。

本蔵は熱い涙を抑え、

「はあっ、ああ、嬉《うれ》しいのう。わしは本望だ。『史記』にある呉《ご》王を諫《いさ》めて自害させられ、後に主人が越《えつ》王に敗北する辱めを噬った伍子胥《ごししょ》の忠誠心なんてものは取るに足りん。忠臣のお手本とは、中国なら復讐《ふくしゅう》の鬼と化した予譲《よじょう》、日本では大星。昔から今に至るまで中国と日本にたった二人だ。その一人を親に持つ力弥の妻になったのは、宮中で女御や更衣の座に就くよりも百倍勝って武士の娘の優れ者だ。その優れ者の娘が婿殿へ、贈り物の目録を差しあげる」

と懐中から取りだすのを力弥は取って捧げ持ち、開いて見れば、

「これは、どうだ」

その紙は目録ではなく師直の屋敷の案内図で、玄関、長屋、侍部屋、水門、物置、柴《しば》部屋まで一つ一つが絵図面に詳しく書きつけてありました。由良之助はそれをハッと目の前に捧げ持ち、

「ははあ、ありがたい、ありがたい。徒党の人数は揃っても、敵地の様子がわからないので出発を延期していたが、この絵図面こそは『孫子《そんし》』『呉子《ごし》』の秘伝書も同然、自分には『六韜《りくとう》』『三略《さんりゃく》』の兵法書にも匹敵する。以前から夜襲と決めていたので継ぎ梯子《ばしご》で塀を乗り越えて、屋敷の中に忍び込むには……縁側の雨戸を外すとすぐに居間だ。ここを仕切って」

「こう攻めて」

と大星親子は絵図面を指しながら喜び合います。

傷は負っても手抜かりのない本蔵は、

「いやいや、そうはいかん。警戒の厳重な高師直、障子襖はいずれも心張《しんば》り棒で堅く閉じられ、雨戸の溝には合栓《あいせん》や合枢《あいくるる》の仕掛けを施し、こじ開けようとしても外れはせん。大槌《おおづち》で雨戸をぶち壊せば大きな音がするから迎え撃つ準備をするだろう。それをどうなさる？」

「おお、それにはいい方法があります。あまり根を詰めてもよい思案は浮かぶまいと遊廓に行った帰りに、ふと思いついたのは前栽《せんざい》の雪が積もった竹。雨戸を外すわしの工夫、そのやり方をここでお見せしよう」

と由良之助は庭に降りました。折しも雪が深く積もって、さすがに強い大竹も雪の重さでぐったりとたわんでいます。そのたわんだ竹をぐるっと引き回して鴨居《かもい》にはめ、

「雪にたわんだ竹は弓も同然。こうして弓をこしらえて弦《つる》を張った上で、鴨居と敷居の間にはめておき、弦を一斉に切り放った時は、まあ、このように」

と竹の枝に積もった雪を叩《たた》き払えば、雪は散って、まっすぐ上に伸びるのが竹の力。その力に鴨居が歪《ゆが》んで、障子が溝から外れ、残らずバタバタバタバタと倒れました。

本蔵は苦しさも忘れ、

「はあ、やった、やった。計略といい、忠誠心といい、これほどの家来を持ちながら、我慢もできたはずなのに、塩冶様は何とも浅慮にして残念な行動を取られたもんです」

と悔やむのを聞けば、由良之助もまた、

「ご主人の短気な行動はわたくしにとっても残念なことです。今の忠誠心を戦場の馬前で発揮できたら、どんなにか」

それを思うと由良之助の胸中は無念な気持ちに塞《ふさ》がれて、まるで七重の門扉を閉じたように、そこから漏れるのはただ涙ばかりでございました。

力弥は静かに庭に降りて父の前に両手を突きます。

「本蔵様の贈り物によって敵地の様子がわかった上は、堺の天河屋義平《あまかわやぎへい》のほうへも通達し、荷物の算段を致しましょう」

由良之助はそれを黙って聞いておられず、

「いやそれに、山科にいることはよく知られているこの由良之助が、ここで多くの人を集めたら人目に立つ。ひとまず堺へ行った上で、あそこからすぐに出発しよう。お前は母と嫁や戸無瀬さんと共にここの後片づけをして、諸事万端、何もかも心残りがないように、なっ、なっ……さあ、明日の夜船で淀川《よどがわ》を下るがいい。わしは幸い本蔵さんの変装を借りて」

と由良之助が着物に袈裟《けさ》をひっかけて編笠をかぶるのは、虚無僧にお布施で報いるような本蔵への恩返しでございました。また力弥が小浪に心を残してあの世で迷ったりしないよう、その迷いを晴らすために一夜だけでも二人をいっしょにさせてやりたくて、

「今宵《こよい》一夜は花嫁様へ、舅《しゅうと》の思いやりで『恋慕流し』という曲を吹いてやりましょう」

由良之助が尺八の吹き口を湿らせて外に出ると、以前から覚悟をしていたお石も泣いて、

「ご本望をお遂げください」

というばかりで、名残《なごり》惜しさは山々なのに、それをいわない心のいじらしさ。

傷を負った本蔵は今がまさに臨終の時。

「お父さん、もし、お父さん」

と小浪が呼んでも断末魔の苦しみで答えられず、ついには親子の縁も命の糸も切れ、この世でしか結ばれない親子の辛い別れに、わあっと泣く母、泣く娘。共に死骸《しがい》に向かってこの世から念仏を手向け、あの世の冥福《めいふく》を祈ることになったのも、若い二人の

恋と、この世の無常がもたらしたものでしょうか。

由良之助は出て行く足を止め、南無阿弥陀仏の六字の名号を尺八の音にかぶせて「南無阿弥陀仏、南無阿弥陀仏」と吹き鳴らします。これぞ尺八ならぬ百八の煩悩に従って小浪と力弥が枕を並べるのも、死んだ本蔵への追善供養。吹くのは一節切《ひとよぎ》りという短い尺八ですが、二人が寝室で結ばれるのもたった一夜限り。こうして由良之助はあとの様子を気にかけながらも、立ち去って行きます。

第十　旅立ちの髪飾り

摂津国《せつつのくに》と和泉国《いずみのくに》、河内国《かわちのくに》といった三国の船を迎え入れ、他国の船までも入津《にゅうしん》する世界一大きな港、堺《さかい》というのは住人の気性も思慮分別に富んで非の打ちどころがない町です。ここに天河屋義平《あまかわやぎへい》という、見かけは軽いようでも、金から金を生んで貯《た》め込んだ財産はどっさり重い、豊かな暮らしを送る商人がおりました。

重要な荷物は店で自らの手を使って荷造りすると、大船《おおぶね》の船頭が「これでちょうど七棹《さお》受け取りました」と肩に担いで行きます。その行く先も見えづらくなった既に黄昏《たそがれ》どきなので、店主の義平はほっとして「今日は天気もええし、よい船出になるやろ」といいながら、煙管《きせる》でたばこを吸いに奥へ入って行きます。

　この家の跡継ぎ吉松《よしまつ》は今年四つ。お守をする伊五《いご》は十九歳にもなってまだ生え際を円く剃《そ》った子供っぽい髪型にしており、ご主人の息子より自分の遊びに夢中でございました。

「さあ、始まり、始まり。おもろい話やぞ、おもろい話やぞ。泣き弁慶の信太妻《しのだづま》。とざい、とーざーい。ここにいちばん可哀想なんはこの吉松で決まりじゃ。元からいるんは父ちゃんばっかり、母ちゃんは離婚されて実家に戻られたんで、泣き弁慶と申します」

「やい、伊五、もう人形劇遊びは嫌や、嫌や。母ちゃんを呼んでくれえな」

「それ、そのように無理なことをおっしゃると、旦《だん》那さんにいいつけて、お前さんもこの家を追いだささせるでえ。先月から夫婦別れはするわ、店の者《もん》は店の者で見込みがないというて鼠《ねずみ》の子か何かのように追いだすわ、飯《めし》炊《た》きの女中は大きなあくびをしたというて辞めさせるわで、今ではお前さんと、わしと、旦那さんだけや。どっちみちこの家から夜逃げをするんかして、ちょこちょこ船へ荷物が行く。逃げだすんなら人形劇の箱も持って行こうや」

「いや、人形劇より、俺《おれ》はもう寝たい」

「あれれ、もう俺までが眠けを誘われるほどになってるがな。よしよし、俺が抱いて寝てやろ」

「嫌や」

「なんでや」

「お前には乳房《ちち》がないもん。俺は嫌や」

「あれあれ、また無理なことをおっしゃる。お前さんが女の子なら乳房よりもっとええもんがあるんやけど、なんちゅうてもお互い男同士やからなあ」

と阿呆《あほう》にはこれも涙の種となります。

ちょうどそこへ表に侍が二人来て、

「どなたかお願いします」

「義平さんはご在宅か」

というのも密かな声なのに、中からはつっけんどんな調子で、

「旦那さんはうちにいてます。わしらは人形劇で忙しい。用があるんなら、入って、入って」

「いや、取り次ぎを頼まんのも失礼だ。原郷右衛門《ごうえもん》、大星力弥《おおぼしりきや》が内密にお目にかかり

たいと伝えてくれ」

「なんやと？　腹へり右衛門に、大飯喰《ぐ》らいやと。こら、たまらん。やあ、旦那さん、どえらい客が見えましたで」

伊五はそう叫んで吉松を連れて奥に入りました。

「また阿呆めが、やかましい声を出しよって」

といいながら店主の義平は出て来て、

「あっ、郷右衛門様、力弥様、さあ、まあ、こちらへ」

「なら、ごめん」

と郷右衛門は席に着いて、

「あなたのお世話で万事だんだん調って、由良之助《ゆらのすけ》もお礼に参るはずでしたが、鎌倉へ出発するのも今日明日に迫って何かと慌ただしく、倅《せがれ》の力弥を代理に立てて、この失礼をお断りするようにと」

「これはこれは、ご丁寧なこと。急にご出発とあれば、何かとお取り込みでございましょうに」

「まことに郷右衛門さんがいわれた通り、明朝早々の出発で取り込んでおりますので、勝手ながらわたくしが参ってお礼を申しあげ、またお願いした追加の荷物もいよいよ今晩で積み終わったかどうか、お尋ねするようにいいつけられましてございます」

「なるほど、ご注文のあの道具一式、次々と直行の船便で送っています。小手《こて》、脛当《すねあて》、細かい付属品の類《たぐい》は長持《ながもち》箱に詰め込んで、全部で七棹。今晩の出航を幸い、船頭へ渡し、残りの品の忍び提灯《ぢょうちん》と鎖鉢巻《くさりはちまき》、これは陸路であとから送るつもりでございます」

「郷右衛門様お聞きなさいましたか。大変なお世話でございます」

「たしかに主人塩冶《えんや》公のご恩を受けた町人は多くても、天河屋の義平は武士も及ばぬ俠気《おとこぎ》のある者と由良さんが見込んで、大切《だいじ》な事をお頼みになったのはもっとも。しかし槍《やり》や薙刀《なぎなた》はともかく、鎖帷子《くさりかたびら》や継ぎ梯子《ばしご》といったものはふだん使わない道具だけに、お買いなさる時に怪しまれませんでしたか？」

「いや、そのことは、細工職人へこちらの住所はいわずに手付け金を渡し、金と引き換えに品物を受け取りましたので先方はどこの誰とも存じません」

「なるほど、それなら。ついでにこの力弥もお尋ねしましょう。家へ道具を運び込んで荷造りする際、使用人の目をどうやってごまかされましたか？」

「ほう、それもまたごもっともなお尋ね。この仕事を頼まれますと、妻は実家に帰し、店の者は難癖をつけて次々と解雇し、残っているのは阿呆と四つになる倅だけ。秘密が漏れる気遣いはございません」

「なんとまあ、つくづく驚きました。親にもその旨をいい聞かせて安心させましょう。

郷右衛門さん、もう出発なさいませんか」

「いかにも出発に気が急《せ》きます。義平さん、お暇《いとま》致します」

「そんなら由良之助様にも」

「よろしく申し聞かせましょう。さようなら」

「さようなら」

と別れて二人は旅宿へ帰って行きました。

義平が表の戸を閉めようとしたところへ、この家の舅《しゅうと》になる太田了竹《おおたりょうちく》が現れ、

「おっと、閉めんな。うちにいたんか」

ずかずか中へ通ってきょろきょろと見まわします。

「これは親父《おやじ》様、ようこそおいで。さて、こないだは女房の園《その》を養生がてらそちらへやりまして、さぞかしお世話に。お薬でも飲んでおりますかなあ」

「ああ、薬も飲みます。飯も喰います」

「それは結構」

「いや、結構では済まん。わしも郷里にいた時分は斧九太夫《おのくだゆう》さんから給料をもろてそこそこの財産もあったが、今は下男の一人も召し使《つこ》うておらんうちへ、たいしたこと

でもない病気を養生させてくれというてお園をよこされたんは、何か理由《わけ》があってのことやろが……。

それはともかく、まだ年若い女だけに、ふしだらなことでもあったらお前さんも外聞が悪いし、わしも皺《しわ》の寄った腹を切ってお詫《わ》びをせなあかん。そこで一つ相談なんやが、まず表向きは離婚したことにして離婚証書をやっといてください。さあ、こっちの都合次第いつでも呼び戻したらええだけの話や。たった一筆さっと書いてくださいな」

了竹が軽い調子でこういうのも悪だくみがあってのことだとは知りながら、嫌だといえば女房をすぐにここへ戻すだろう、戻って来られては頼まれた人びとへ言い訳が立たないと、義平があれこれ考えているうちに、

「嫌か、どや？　不承知なら、こっちにはちょっとの間も置いておかれん。戻す以上はこの了竹も家に入り込んでここに居座って、いっしょに厄介になるつもり。ハイかイイエの返事を聞きたい」

そう決めつけられるとさすがの義平も、悪だくみに乗るのは悔しいとは思いながら、こっちの一大事を見つけだされては大変なので、廻船《かいせん》問屋ならではの重厚な硯箱《すずりばこ》を手元に引き寄せ、さらさらと書き認《したた》めて、

「これをやるからには了竹さん、もうお互い親でもない、子でもない。ここへは二度と足を踏み入れてくれんなよ。何か悪だくみのありそうな離婚証書を、弱みにつけ込まれてやるのは残念やけど、持って行け」

と投げつければ了竹は手早く取って懐中に入れ、

「おお、ええ勘《かん》しとる。聞けばこないだから浪人どもが家に入り込んで、ひそひそ相談するらしいが、園に尋ねても知らんとぬかしおる。何をしでかすかもわからん婿に、娘を結婚させとくのが気がかりやった。幸い、あるお歴々の方から嫁にもらいたいといわれて、離婚証書を取ったらすぐにも嫁入りさせる話ができてる。まんまとだまさせて、よかった、よかった」

「ほう。たとえ離婚証書を書かんでも、子供まである夫を捨ててよそへ嫁入りする根性なら、こっちにも未練はない。勝手にせい、勝手にせい」

「おお、娘を勝手にするのは親の権利や。今晩中に嫁入りさせたる」

「やあ、ごたごたいわんと、早《は》よ帰れっ」

と義平は了竹の肩先をつかんで門口から外へ蹴りだし、ぴっしゃり戸を閉めます。

了竹はやっとのことで起きあがって、

「こら義平、いくらわしをつかんで放りだしても、こっちは嫁入りさせる先から支度金をもろて懐が温《あつた》まってるせいか、蹴られてどうやら持病の疝痛《せんつう》が治ったがな」

　と口は達者で減らず口をつぶやきつつ、足腰を撫《な》でたり摩《さす》ったりしながら逃げ帰りました。

　月が曇ってあたりの物は見えず、隣家も寝静まった午後十時過ぎ。この家をめがけて大勢の捕方《とりかた》の役人が十手に早縄、腰差し提灯を身につけ、灯《あか》りを隠して周りを窺《うかが》い窺いしながら近づいて参ります。中で手引きをしたと思える家来を頭《かしら》が招いて耳打ちをすると、その男が心得て門口の戸を忙《せわ》しなく打ち叩《たた》きました。

「誰や、誰や」

　と中では警戒の声。

「いや、夕方に来た大船の船頭です。船賃の計算が間違《まちご》うてたんで、ちょって開けてください」

「はて何を大げさな。わずかな金のことやろ。あした来て、あした来て」

「いや、今夜出航する船。ちゃんと決済してもらわな船が出されまへん」

　と声高にいうので、近所に聞こえてもまずいから、義平は出て来て何げなく門口の戸を開けるとそのまま、

「御用だ、御用だ、召し捕ったぞ」

「動くな！」

「お上の御用だ」

と取り巻きます。

「これは、どうして……」

義平が四方八方に目を配ると、捕方の二人が、

「やあ、どうしてなんていえるか、この無法者めが。お前は塩冶判官《はんがん》の家来大星由良之助に頼まれて、武具や馬具を調達し、直行便で鎌倉へ送ったかどで緊急逮捕し、拷問にかけろというお上のご命令だ。もう逃げられんぞ、腕を後ろに回せ」

「それは思いも寄らん罪状。そのようなことをした覚えはちっともない。きっとそれは人違いで」

と、お終《しま》いまでいわせもせずに、

「やあ、ほざくなっ。争えん証拠がある。それ、家来ども」

家来たちがハッと心得て持って来たのは夕方船に積んだはずのゴザにくるんだ長持箱。義平はそれを見るなり放心状態となりました。

「それ、こいつを動かすな」

と四方から十手が突きつけられます。

その間に役人の下僕が荷造りを切り解いて長持箱を開けようとしたところ、義平は飛びかかって下僕らを蹴散らし、箱の蓋《ふた》の上にどっかり座り込んで、

「やあ、失礼千万っ。この長持箱の中に入れておいたんは、ある大名の奥方からご注文のあった手回り道具。甲冑《かっちゅう》を納めた箱に入れる春画や性具のご注文まであって、その名を書いておいたから、開けさせてはお歴々の御家のお名前が出ることになる。ご覧になると、皆様のお身の上にもかかわりますぞ」

「くそ、ますます怪しいやつだ。並大抵のことでは白状するまい。それ、打ち合わせ通りに」

「承知しました」

家来は奥の部屋へ駆け込んで、義平の一人息子、吉松を引っ立てて参ります。

「さあ、義平。長持箱の中はともかく、塩冶家の浪人が徒党を組んで結束して師直《もろなお》を討つ秘密事項のいちいちを、お前はよく知っているはずだ。それをありのままにいえばいいが、いわないとたちまち息子の身の上は、これ、これを見ろ」

と抜き身の刀を幼児の喉《のど》に突きつけられて、ハッと思いはしても義平は顔色も変えずに、

「ハハハハハ、女子供を責めるように、人質を取ってのお取り調べとはなあ。天河屋

の義平は男でございますよ。子の愛に絆《ほだ》されて、知らんことを知ってるとはよういわん。まったく何にも存じません。知らん。知らんというからには、大地の底まで断じて知らん。それで憎いと思うなら、その息子をわしが見ている前で殺せ、殺せ」

「さても図太い根性のやつだ。管槍《くだやり》、鉄砲、鎖帷子、四十六本の目印まで調えてやったお前が、知らんというのを、そのままにしておくもんか。白状せんと一寸刻み、一分刻みに切り刻んでやるがどうだ」

「おお、面白い。切り刻まれてやろう。武具はもちろん、公家武家の冠や烏帽子《えぼし》から、下女下男の藁沓《わらぐつ》まで、買い調えて売るのが商人。それをいちいち不審といってお取り調べがあったら、日本に人間はおらんようになる。一寸刻みに遭うのも、三寸縄《さんずんなわ》で縛られるのも、商売のために取られる命なら惜しいとは思わん。さあ、殺せ。倅も目の前で突け、突け、突けえっ。一寸刻みは腕から切るか、胸から切り裂くか。肩骨、背骨もお望み次第や」

　自分の体を捕方に押しつけ突きつけるなどして義平はわが子をもぎ取り、

「子の愛に絆されん根性を見ろっ」

と絞め殺さんばかりの表情です。

「やっ、軽はずみなことはよせ。義平さん、しばらく、しばらく待て」

との声で、いきなり長持箱から大星由良之助義金《よしかね》が出現したのを見て義平はびっくり。捕方の人びとは一斉に十手と捕縄《とりなわ》を放り出して、遠くのほうへ座ります。

由良之助は威儀を正して義平に向かい、両手を突いて、

「なんとまあ、実に驚くべきご真情。泥中の蓮《はす》や砂の中の黄金とはあなたのことだ。たぶんそうだろう、きっとそういう方であろうと見込んで頼んだ一大事。この由良之助は微塵《みじん》もいささかもお疑いはしなかったが、あなたとお馴染《なじ》みでもお近づきでもないこの人びと四十余人の中には、天河屋の義平は生まれながらの町人だから、今にも捕まって取り調べを受けたらどうなるだろう、どう申し開きをするだろう、ことに可愛がっている一人息子もいれば、子に迷うのは親心だから、などと意見がまちまちで、心配して胸も安まらないようでした。それで結局は、あなたの決意のほどを見せて、古くからの仲間の者に安心をさせたいがため、してはならぬことと存じながら、こうした成りゆきに。無礼の段はひらにお許しを。

よく花は桜木、人は武士なぞといいますが、どうしてどうして武士も敵《かな》わないあなたのお考え。百万騎の強敵は防いでも、それほどに根性は据わらんもの。あなたの信念を借り受けてわれわれの手本とし、敵師直を討つならば、たとえ相手が巌石《がんせき》の中に立て籠《こ》もり、鉄の洞窟《どうくつ》に隠れようが、どうして討ち損じることがありましょうか。人

は大勢いても、本当の人物といえるような人はなかなかいないといいますが、町人の中にもいればいるものですねえ。徒党を組んだ同志の者たちのためには、あなたは土地の守り神や氏神も同様。尊んで奉らないと、受けたご恩に対して神仏のご加護も尽き果てることでしょう。平和な世の中には賢者が現れないといいますが、まだあなたのような方がおられたのだ。

ああ、惜しいかな、悔しいかな。亡き主人が存命の時なら、一隊の長となし、一国の政務をお預けしても惜しくはない器《うつわ》のお方だ。ここに並んでいる大鷲文吾《おおわしぶんご》、矢間十太郎《やざまじゅうたろう》を始め小寺《こでら》、高松、堀尾、板倉、片山等の猜疑心《さいぎしん》でつぶれた眼を開かせる妙薬や名医の役割を果たしたのは、まさにあなたの心意気。ありがたい、ありがたい」

と由良之助が後ろに下がって何度も頭を下げれば、徒党の人びとも、不作法の段はひらにお許しを、と頭を畳にこすりつけます。

「ああ、そんなことをされては困ります。どうぞお手をお上げください。総じて馬には乗ってみなくては、人には連れ添ってみなくてはわからんというくらいですから、お馴染みでない方々がご心配になられたのはごもっともです。

わたくしは元は軽い身分の者。お国で藩の御用を承るようになってから成りあがって、今の財産を築きました。判官様の様子を伺うと皆様と同様に無念に思い、何とぞこの恥辱をそそぐ方法はないかと力んでみても、それは空飛ぶ鳥を見た石亀《いしがめ》が悔しがって足をジタバタさせるように、結局は手が届かんことやと諦《あきら》めてたとこへ、由良之助様のお頼みがあって、これこそ引き受けんならんと後先《あとさき》を考えずにお力添えをしたばかり。

情けないのは町人の身の上でして、両手ですくったわずか一合の米でもお給与を戴《いただ》いておりましたら、今度の企てにはお袖《そで》にすがってでもお供をして、討ち入りで皆様がひと休みなされる際のお茶汲《く》みでも致しましょうに、それさえも出来んとは、町人とは実に情けないもんでございますなあ。これを思うとご主人のご恩や刀の威光に与《あずか》るんはありがたいもんで、そのためにお命を捨てられるのがおうらやましく存じます。きっと冥土《めいど》に逝《い》かれてもなおご主人にお仕えなさるんでしょうから、おついでにこの義平めの志もお伝えくださいますように」

こうした真心のこもった言葉に人びとは思わず涙を催して、奥歯を強く嚙《か》みしめるばかりでした。

由良之助は取り敢《あ》えずこう申します。

「われわれは今晩鎌倉へ出発し、本望を遂げるまで百日とはかかりますまい。聞けば奥様までこの家から追いだされたとのこと。重々のご配慮に感謝を致しますが、それもすぐに呼び戻されるように計らいます。ご不自由なのも今しばらくの間。われわれはもはやお暇を」

と立ちあがれば義平が、

「やあ、いわばめでたい旅立ちなんですから、どなた様にもお祝いのお酒を一杯」

「いや、それはいくらなんでも」

由良之助はいったん辞退しますが、

「さてさて、お祝いに手打ちの蕎麦切《そばき》りでもいかが」

と聞いて、

「やあ、手打ちとは縁起がいい。それなら大鷲、矢間のお二人はここに残って、先発組の人たちは郷右衛門と力弥を誘って、佐田《さだ》天神の森までお先に行っててください」

「さあ、こちらへどうぞ」

と店主が案内すれば、

「遠慮は却《かえ》ってご無礼になる」

と由良之助は残った二人を伴って奥へ入って行きました。

山に入る月と、山から出る月のように、喰い違ってしまった親と夫の間に立って、お園は一人小さな提灯をぶら下げながら、暗い気持ちでいるのはわが子への愛の闇《やみ》に

迷うからです。その闇の中では見分けがつかない戸口を強く叩いて、

「伊五や、伊五や」

と呼ぶ声が寝耳にふっと飛び込んで、阿呆が駆け出て参ります。

「俺を呼んだんは誰や。化け物《もん》か、幽霊か」

「いや、園や。ここ開けてちょうだい」

「そういうても気味が悪い。決してバアとかいうて脅かしたらあかんで」

といいながら門口の戸を押し開けました。

「ああ、奥さんか。よう来られましたなあ。一人歩きしたら、な、狂犬が嚙みよりますで」

「ああ、犬にでも嚙まれて死んだら、今のような気持ちにはならんやろ。わたしは離婚されたんよ」

「阿呆らしいことにならはったなあ」

「旦那《だんな》さんは寝てはるか？」

「いいえ」

「お留守か？」

「いいえ」

「一体どういうことなん？」

「どういうことなんかわしもよう知らんが、宵の口に猫が鼠を捕ったんかして、捕ったぞ、捕ったぞと大勢が押しかけて来よったが、俺はさっと布団をかぶったら、そのまま寝てしもたんや。今そいつらと奥で宴会して騒いだはります」

「ああ、さっぱりわからんわ。そうして坊《ぼん》は寝たか？」

「はい、こっちはよう寝てはります」

「旦那さんと寝たんか？」

「いいえ」

「お前と寝たんか？」

「いいえ。たった一人でコロリと」

「なんで側で話し相手をして寝かしてくれなんだんや」

「そやけど、わしにも旦那さんにも乳房《ちち》がない言うて、泣いてばっかりなんや」

「ああ、可哀想に。そやろ、そやろ。それぱっかりは真実《ほんま》のことやろ」

お園は門口でわっと泣きだしました。空模様とは無縁な涙の雨脚が激しく、それを拭《ぬぐ》う袂《たもと》も乾きません。そこへ奥から、

「やいやい、伊五はどこにおる」

と呼び立てて主人の義平が出て参ります。

「はいはい、ここに」

伊五が駆け込んで行くのを義平はちらっと見ながら、

「このど阿呆がっ。奥へ行って給仕をせんか」

と叱《しか》りつけて追いやりました。さらに門口の戸を閉めようとしたのをお園が止めて、

「これ、お前さん、話すことがある。ここ開けて」

「いや、聞くこともないし、こっちがいうこともない。親子で一つに結託した畜生めが。けがらわしい、そこ退《ど》かんかい」

「いや、親といっしょではない証拠。それを見て、疑いを晴らしてちょうだい」

と戸の隙間《すきま》から投げ込んだ一通の書類を義平が拾い取る隙に、お園は家の中へ入り込みます。夫は書類をひと目見て、

「これはさっき親へやった離婚証書。これを戻してどうするんや」

「どうするんや、とは、あんまりや。親の了竹が悪だくみをするのは日頃からようご存じのはず。たとえどんなことがあったにしても、なんで離婚証書を書いておやりなさった。それを持って戻るなり、嫁入りさせるというて思いも寄らん婚礼じたく。わたしはそれを嬉《うれ》しい顔で聞いて油断させ、鼻紙袋に入れた離婚証書を盗んで逃げて来

ましたんや。お前さんは、吉松が可愛いことないんですか。わたしと離婚して、あの子を継母《ままはは》の手で育てさせる気ィかいな。それは不人情ちゅうもんでっせ」

お園は義平に取りすがって泣き崩れます。

「いや、その恨みは逆やろ。このうちを出て行かす時にいい聞かせたことを、お前はどう聞いたんや。何か理由があってお前を離婚するんではない。ちょっとの間だけ実家に戻っててほしい。舅の了竹はもともと斧九太夫から給料を取ってた男で、心を許せん相手やから詳しいことはいわん。病気のふりして寝起きもままならんようにせい。髪も梳《と》かすなといいつけておいたんを、お前はなんで忘れたんや。髪ふり乱した者《もん》なら、誰も嫁にもらおとはいわんやないか。

そやのにどうしてお前が吉松を可哀想なんていえるんや。昼間は一日中阿呆の伊五がだましすかししても、夜になるとお母ちゃん、お母ちゃんいうて捜しよる。お母さんはもうすぐここへ来るとだましして寝させても、なかなか寝つけんから、叱って寝さそうと背中を叩いたり、怖い顔したりすると、声もあげんとしくしく泣いてよる。それを見たら、こっちは体のふしぶしが砕けるほど苦しい気持ちで、もう堪《たま》ったもんやない。これを思うと子を持って知る親の恩というのが身に沁《し》みる。自分には親不孝の罰が当たったんやないかと悔やまれて、夜通し泣き明かしたこともある。

昨夜《ゆうべ》も三べん抱っこして、もうお前のとこへ連れて行こ、抱いて行こと門口まで出たもんの、ひと晩で満足するわけでもないし、これが五十日かかるのやら、百日別れさせておくやら知れんのに、ここでなまじ母親になつかせたら、あとあと面倒なことになると思て、五町や三町（数百メートル）の距離を背中を叩きながら揺さぶって歩き、ようやく寝さしてそっと横にすると、こっちの肌がひっついたら夢うつつにも乳房を探してしがみつく。こうしてわずかな間の別れでさえ恋い焦がれてるもんを、一生のあいだ引き裂いておこうとは思わんが、仕方なく書いて了竹に渡した離婚証書を今ここで内緒に受け取ったら、親が許さん復縁となって、人の道に外れた罪に問われてしまうのも不愉快や。持って帰れ。お互いこれまでの縁や。前世からの約束で、死んだと思えば済むこっちゃないか」

こうした義平の思い切りがよい侠気は、日頃を知るだけお園はなお悲しくなり、

「この家にいたらお前さんの面目が立たんし、実家へ戻ったら嫁に行かなあかん。悲しい者《もん》はわたし一人……これが最後の別れになるかもしれん、吉松を起こして、ちょっと会わしてくださいな」

「いや、それはあかん。今会《お》うて、今別れるお前のことや。別れたあとの吉松の気持ちがなおさら可哀想やないか。とりわけ今夜はお客もあるし、ぐずぐずいわんと、早

だすと、

「さてさて未練なことを。あとあとの面倒を思わんのか」

義平は無理やりお園を引っ立てて、離婚証書も共に渡して戸口の外へ心強くも突きだすと、

「子供が可愛いなら了竹に嘆願して、春くらいまで匿《かくも》うてもろてたら、こっちにも考えようがある。それが出来《でけ》んのやったら、もうこれぎりや」

と門口の戸を閉めて家の中に入って行きます。

「ねえ、それが出来るくらいやったら、こんな思いはしませんがな。あんた、冷たいやないの。罪もないわたしを離婚したばかりか、子供にまで会わさんのはあんまりや。酷《むご》い、無慈悲なこっちゃ。吉松の顔を見るまで、わたしはいつまでも帰らん、帰らん」

お園は門口の戸を強く叩き、

「お情けや、お慈悲や、ここ開けて寝顔なりとも見せてちょうだい。これこの通り、手を合わせて拝みます。あんた、ひどいやないの」

どうっと突っ伏して前後不覚に泣いておりましたが、

「ああ、もう恨むまい、泣くまい。なまじ顔を見たら、吉松がお母ちゃんかと取り付いて離しもせんやろし、こっちがよう離れもせん。けど今夜実家に帰ったら今夜中に嫁入りさせられる。わたしの命は明日まで待たれん。もうおさらばや。さようならや」

とはいいながらも戸口に耳を寄せ、もしかしてわが子の声がしないか、顔でも見せてくれるのではないかと、家の様子を窺おうと聞いても音はせず、

「ああ、もうしょうがない。これまでや」

と思い切って走りだす前方に、頭巾《ずきん》をかぶって目だけを出した大男が道に立ちふさがってお園をつかまえ、「これはっ」という間も情け容赦もなく、すらりと抜いた刀でお園が結った島田髷《まげ》を根元からぷっつりと切り取り、懐中の物までひったくって、どこへともなく逃げて行きました。何ともひどい乱暴狼藉《ろうぜき》です。

「ええ、憎い、腹が立つ。誰かが惨《むご》たらしゅう髪を切って、書いた物《もん》まで取って行ってしもた。髪飾りを狙《ねろ》た物盗《ものと》りなら、いっそわたしを殺して、殺してえな」

お園が泣き叫ぶ声に驚いて、義平は思わず奥から駆け出て来ましたが、

「ああ、ここが男の魂の乱れ始めや」

と歯を喰いしばって外へ出るのをためらううちに、奥から、

「ご主人、ご主人、義平さん」

と由良之助が現れます。

「いろいろとご親切なおもてなしに与って、このお礼は鎌倉からお手紙で。なお残りの荷物は特急便でお願いします。夜が明けないうちに、そろそろお暇を」

「なるほど、今しばらくとお引き止めも出来ん時間になりましたなあ。どうか道中ご無事で、ご吉報をお待ちしております」

「向こうに到着しましたら、さっそく手紙でお知らせします。ただどう考えても、今度のお世話に関しては言葉だけではお礼をいい尽くせません。それ、矢間、大鷲、ご主人へ置き土産を」

ハッと承った大鷲文吾と矢間十太郎は持ち合わせの扇を進物用の白木台代わりに、一つの包みをそれに載せて出します。

「これはあなたへ。これはまた奥様のお園様へ、わずかのことですが」

由良之助がそれを差しだすと、義平はむっとして顔色を変えました。

「言葉ではいえないい礼ということは、お金ですか。いやはやこっちは謝礼の金品をもらおと思て命がけのお世話は致しません。町人と見てバカにして、小判の端で人の顔を叩くような真似をなさる気か」

「いや、われわれはこの世に別れ、あなたはこの世に残る運命なのですから、奥方顔《かお》世《よ》御前のこともお願いしたいがための、心ばかりの贈り物」

といい残して由良之助が外へ出ると、義平はなおさらむっとして顔色を変え、

「わしの根性と魂を見損のうたんか。人をバカにしたやり方や。ええ、いまいましい。けがらわしい」

と包んだ贈り物を蹴飛ばせば、包みが解けて中身がバラッと現れます。それを見た女房が駆け寄って、

「これはわたしの髪飾り。切られた髪。あらあらあら、この一包みは離婚証書。ああ、そんならさっき髪を切ったんは」

「おお、この由良之助が大鷲文吾を裏道から回らせて、髷の根元からぷっつりと切らせた理由《わけ》を話そう。どんな親でも髪をおろした尼さんを嫁にやろうとはいわんだろうし、また嫁に取る者はなおさらあるまい。その髪が元通りに伸びる間もおよそ百日。われわれが本望を遂げるのも百日は過ぎん。敵討ちを果たし終えた後、二人はもう一度めでたく挙式をすればよかろう。その時は髪飾りを付け、その切った髪を入れ毛にして立派な奥様の髪型に結った世界一の花嫁だ。

それまではまずこの家で半年や一年限りの勤め人のつもりで、尼僧姿の乳母として

暮らしなさい。その勤めの斡旋人《あっせんにん》は大鷲文吾と同じく矢間十太郎。この二人が他の仲間の連中にも、あなたは大事な秘密を決して漏らさないと保証するはずだ。由良之助は冥土から仲人役を務めましょう、義平さん」

「ははあ、よくよくのご配慮。女房、お礼を申しあげなさい」

「はい、わたしにとっては命の恩人でございます」

「いいや、礼をいうには及びません。返礼といってもほんのわずかなこと。義平さんも町人でなければわれわれといっしょに出発したいとのお望み。幸い以前から夜討ちをするつもりでいたから、敵地へ乗り込む際には、あなたの家名の天河屋をそのまま夜討ちの合い言葉にしましょう。天と声をかければ、河と答え、四十余人の者たちが天よ、河よといい合えば、あなたが夜討ちにおいでになったも同然。義平の義の字は義臣の義の字。平はたいらかという意味だけに、無事に容易《たやす》く本望が達せられるはず。もはやお暇を致します」

といい残して由良之助は立ち去ります。

後世には合い言葉の「天」が「山」と伝わり、由良之助が『孫子《そんし》』や『呉子《ごし》』の兵法で成し遂げたわざを「忠臣蔵」ともいいふらすようになりました。

事ほど左様に、この世の言葉というものは移ろいやすく、定まるところがありません。人もまたいつどうなるかわからぬ無常の世の中で、由良之助たちはお互い別れ別れに出て行くのでした。

第十一　目印を付けた目立たない兜（討ち入り）

柔軟さが剛直さを抑え、弱者が却《かえ》って強者に勝つこともあるというのは、漢の功臣張良《ちょうりょう》に賢人の黄石公《こうせきこう》が伝授した兵法の極意《ごくい》でございます。塩冶判官高定《えんやはんがんたかさだ》の家臣、大星由良之助《おおぼしゆらのすけ》はこの教えを守って、すでに徒党の勇士四十余人は漁船に乗り込み、稲村ケ崎《いなむらがさき》の油断をあてにして、その海岸の岩場に船を漕《こ》ぎ寄せておりました。

まず一番に岸へ駆けあがったのは大星由良之助義金《よしかね》。二番目は原郷右衛門《ごうえもん》。三番目は大星力弥《りきや》。そのあとに続いて竹森喜多八《たけもりきたはち》、片山源太。先着と後続船とが次々と列を乱さず現れて、奥山孫七、須田五郎以下、着ている羽織の目印で、い、ろ、は、に、ほ、へ、と、の順に並んで立っています。

勝田、早見、遠森《とおのもり》、かの有名な片山源五。大鷲文吾《おおわしぶんご》は大きな木槌《きづち》を引っさげて現れました。吉田、岡崎以下ち、り、ぬ、る、を、わ、か、と並ぶ中で若手は小寺《こでら》、立川甚兵衛、不破、前原、深川弥次郎でございましょうか。

得意の小型の弓を脇《わき》に抱えて岸に上がったのは川瀬忠太夫。空に輝く大星瀬平《せへい》。よ、た、れ、そ、つ、ね、な、ら、む、う、ゐ、の、と並べば奥村、岡野、小寺の跡継ぎ息子。中村、矢島、牧、平賀。や、ま、け、ふ、こ、え、て。朝霧の立つ芦《あし》や萱の茂みから現れた芦野や萱野。千葉に村松、村橋伝治。塩田と赤根は薙刀《なぎなた》を構え、中でも磯川は十文字槍《やり》。

遠松、杉野、三村の次郎、木村は用意した継ぎ梯子を携え、千崎弥五郎《せんざきやごろう》、堀井の弥惣《やそう》、同じく弥九郎は、遊廓《ゆうかく》の酒に酔いもしない由良之助の巧みな計略に従って、八尺（約二・四メートル）ほどの長い竹に弦《つる》を張って待ちかまえております。

後方に備えるのは矢間十太郎《やざまじゅうたろう》で、それよりはるかに後ろへ下がって身を卑下しながら出て来たのは寺岡平右衛門。いずれも通称と本名を鎧《よろい》の袖《そで》の目印に記した人数は四十六人でございました。

鎖を編んだ下袴《したばかま》に黒羽織を着け、忠誠の胸板を揃《そろ》えたところは誠に忠臣の仮名手本とも、義心のお手本とも申せましょうか。

「義平《ぎへい》の家名、天と河の合い言葉を忘れるな。前から申し合わせておいた通り、矢間、千崎、小寺の面々は倅《せがれ》の力弥を先頭に表門から入れ。郷右衛門と自分は裏門から押し入って、合図の笛を吹いたら時節到来として突入せよ。取るべき首はたった一つ」と由良之助に命令された人びとは一斉に怒りの眼差しで屋敷を遠くから睨《にら》みつけながら表門と裏門の二手に分かれて行きます。

そうとも知らず、由良之助の放蕩《ほうとう》を聞いた高武蔵守師直《こうのむさしのかみもろなお》は心が弛《ゆる》んで油断の酒宴。芸妓や遊女に舞い歌わせ、薬師寺次郎左衛門《やくしじじろうざえもん》を主賓に、自分の境遇をわきまえない大騒ぎをしておりました。あげくは男女が入り交じって雑魚寝《ざこね》をする行儀の悪さで、前後不覚に熟睡した寝入りばなとあって、非常時を守る番人の拍子木《ひょうしぎ》だけが残っています。

表と裏で一斉に討ち入る手はずを決めて、矢間と千崎の不敵な二人が表門に忍び寄り、中の様子を窺うと、夜回りとおぼしい拍子木の音が遠のいていったので、これを好機として例の用意の継ぎ梯子を雲まで届けとばかり高塀に次々と掛け、蜘蛛《くも》のように上りきったところは塀の屋根。

そこで早くもまた拍子木の音が近づいて、二人がひらりと飛び降りるのを見つけた番人が「やっ、何者」と駆け寄るのを二人はつかんで組み伏せます。その番人を後ろ手に縛りあげ、ちょうどいい案内役だと口をふさぎ、縛った縄の先を腰に引っかけ、奪い取った拍子木をカチカチ鳴らしながら詰所詰所を巡回して覗《のぞ》きまわるのは大胆不敵でございました。

　早くも裏門で呼子《よびこ》の笛が鳴り、いよいよ時節到来と両人は拍子木に合わせて「天」と「河」と唱えつつ、閂《かんぬき》を外して表の大門をがらっと開ければ、力弥を始め杉野、木村、三村の一団がわれもわれもとなだれ込んで、見れば屋敷は全面が雨戸で固められておりました。

　父が教えた雪折れ竹の工夫はここぞとばかりに力弥が命令し、弦を張った丸竹を雨戸の鴨居《かもい》と敷居の間に挟んで一斉に、一、二、三の拍子で張った弦をぷつんと切れば、竹の弾力で鴨居は上に、敷居は下に反り、雨戸が外れてバタバタバタバタ。「それえ、乗り込めえっ」とばかり「天」と「河」の声を響かせて乱入します。

「そら夜討ちだ」と松明《たいまつ》や提灯が灯《とも》った中へ、裏門からも押し入って一方は郷右衛門、一方は由良之助が床几《しょうぎ》に腰かけて指揮を執ります。攻撃側は少人数とはいえ、今宵《こよい》は必死の覚悟を決めた勇者ばかりで秘術を尽くして戦います。由良之助が「他の者に目をくれるな。ただ師直一人を討ち取れ」と郷右衛門ともども四方八方に命じれば、血気に逸《はや》る若者たちは敵と激しく揉《も》み合い斬《き》り合いするのでした。

　師直の屋敷の北隣は仁木《にっき》播磨守《はりまのかみ》、南隣は石堂《いしどう》右馬之丞《うまのじょう》の屋敷で、両隣からは何事が

起きたのかと屋根の棟に偵察の侍を上げ、星のような数の提灯で照らしながら、

「やあ、やあ、お屋敷が騒動の声、刀の音や矢を射る叫び声で騒がしいのは家中に無法な乱暴者でも現れたのか、盗賊が侵入したか、あるいは何か他の非常事態か、伺って報告せよと、主人に申しつけられた」

と声高らかに叫んでいます。

由良之助もすぐさま大声で答えました。

「これは塩冶判官の家来で、主人の敵《かたき》を討つため四十余人の者たちがさまざまな形で戦っております。こう申すのは大星由良之助、原郷右衛門。足利尊氏《あしかがたかうじ》ご兄弟にお恨みはない。もとより両隣の仁木、石堂様へは何の遺恨もありませんので失礼をするはずもなく、また火の用心は堅く申しつけてありますから、これもご警戒には及びません。ただ穏便に放っておいてください。そうはいっても隣家のことで聞き捨てならずとして高家に援軍をなさるのなら、こちらもやむを得ず応戦を致しましょう」

両家の人びとはそれを聞き届け、

「ご立派、ご立派。われわれも、あなた方も、主人を持った人間は当然こうでなくてはならん。われらにご用があれば承りましょう。提灯を下ろせ」

と一斉に静まり返って様子を見守ります。

二時間ほどの戦闘で攻撃側はわずか二、三人が軽傷を負ったばかりですが、敵方の負傷者は数しれません。

しかしながら大将の師直とおぼしき者が見当たらないので、足軽の平右衛門《へいえもん》は屋敷中を飛びまわっており、

「数ある部屋はもちろんのこと、上は天井、下は水回りの簀《す》の子《こ》、井戸の中まで槍を突き刺して捜しても、師直の行方《ゆくえ》は知れん。寝室とおぼしき場所を見れば掛け布団や敷き布団がまだ温かく、この寒夜に冷めないのは逃げて間もないものと思われる。表の方が気がかりだ」

として駆けだすところへ、

「やい、平右衛門、待て、待て」

と矢間十太郎重行が師直を宙づりにして無理やり引きずって来ます。

「やあやあ、みんな。師直が柴部屋に隠れていたのを見つけだして生け捕りにしたぞ」

それを聞くより大勢は花が露を浴びたように活《い》き活きと奮い立ち、由良之助は申します。

「おお、よくやった。お手柄、お手柄。しかしうかつに殺してはならんぞ。仮にも天

下の将軍を補佐する執事職。殺すにも礼儀がある」

と師直を受け取って上座に据え、

「われわれが大名の家来の身分でお屋敷に無断で侵入し、乱暴狼藉を働いたのも主人の敵を討ちたいがため。ご無礼のほどはどうかお許しを。おとなしくお首を頂戴させてください」

こう述べると、師直もさすがにしたたか者で悪びれもせず、

「おお、もっともだ。前から覚悟はしておった。さあ、首を取れ」

と油断をさせて、抜き打ちにぱっと斬りつけます。由良之助はさっとかわして師直の腕をねじあげ、

「ははあ、可愛らしいお手向かいですなあ。さあ、みんな、長年の鬱憤《うつぷん》を晴らすのは今だぞ」

と真っ先に斬りつけました。続いて四十余人が口々に、

「これはまさに盲目の亀《かめ》が大海でたまたま流木に出会って助かったのと等しい」「また三千年に一度しか咲かない優曇華《うどんげ》の花を見たような、滅多にない歓《よろこ》びだ」「嬉《うれ》しい、嬉しいぞ」

と小躍りし、飛びあがって歓び合い、判官の形見の刀で首を切り落とすと、喜びの

余りじっとしていられずに踊りだす者までいます。

妻を捨て、わが子に別れ、老いた親を喪《うしな》ったのも、皆この首一つを見るためだったのだ。それが果たせた今日はなんと素晴らしい日かと、師直の首を叩《たた》いたり嚙《か》みついたりして一同がわあっと嬉し泣きするありさまは、当然過ぎて哀れなほどでした。

由良之助は懐中から亡き主人の位牌《いはい》を取りだして床の間の卓上に載せ奉り、血を洗い流した師直の首をお供え申しあげ、兜《かぶと》に入れておいた香を焚《た》き、後ろに下がって繰り返し拝礼を致します。

「恐れながら亡き主人のご尊霊、蓮性院見利大居士《れんしょういんけんりだいこじ》に申しあげ奉ります。先のご切腹の折に、あとを弔えといってお渡しくださった九寸五分の短刀で、師直の首を切り落としてご位牌にお供え奉ります。草葉の陰でお受け取りくださいませ」

と涙ながらに礼拝して皆にいいました。

「さあさあ、お一人ずつご焼香を」

「まず総大将であれば、あなた様から」

「いや、わしよりも先へまず矢間十太郎さんがご焼香なさい」

「いやいや、それは思いも寄らぬこと。皆様の手前といい、ごひいきはかえって迷惑です」

「いや、えこひいきではない。四十余人の者たちが師直の首を取ろうと一身を抛《なげう》って奔走するなかで、あなた一人が柴部屋から見つけだして生け捕りにされたのは、よくよく主人塩冶のご尊霊から気に入られた証拠なのですから、矢間さんがおうらやましく存じます。どうですかな、皆さん」

「ごもっともでございます」

「それは、どうも……」

「さてさて、時間が延びますよ」

「それならお先にご免」

と矢間が一番の焼香です。

「二番目は由良さん、さあ、お立ちください」

と勧めれば、

「いや、まだ他に焼香をする人があります」

「それは何者？　誰ですか」

と尋ねれば、大星は懐中から碁盤縞《ごばんじま》の財布を取りだして、

「これが忠臣で二番目に焼香すべき早野勘平《はやのかんぺい》のなれの果て。自分は武士の道に背いた過ちから徒党にも加われず、せめては石碑建立の仲間入りをしようと、女房を身売り

までして金を用意したのに、その金のせいで舅《しゅうと》は殺され、おまけに金は戻されて仕方なく腹を切って死んだ男。その時の勘平の気持ちは、さぞ無念だったであろう。悔しかっただろう。金を突っ返したのは由良之助の一生の誤り。可哀想な死に方をさせてしまったと片時も忘れずに、この財布を肌身離さず持ち歩いて今夜の討ち入りにも同道させた。平右衛門、お前にとっては妹婿だ。焼香をさせてやれ」

由良之助が財布を投げてやれば平右衛門はそれを「はっ、はっ、はっ」と受け取って目の前に捧げ持ち、

「草葉の陰でさぞかしありがたく存じておりましょう。勿体《もったい》ないくらいの結構なお計らい」

と財布を香炉の上にかぶせ、

「二番目の焼香は早野勘平重氏《しげうじ》」

高らかに叫ぶ声も涙に震え、その場に列《つら》なった人びとも彼の身が悔まれて胸が張り裂けるばかりです。

その時思いがけなく人馬の音。鎌倉の山谷《さんこく》に響く攻め太鼓と共にどっと鬨《とき》の声があがります。

由良之助は少しも動じず、

「さては師直一族の武士が攻め寄せて来たものと思われる。これ以上に戦って人を殺すという罪作りなことをして何になろう」

と自決する覚悟をしたところへ、桃井若狭之助《もものいわかさのすけ》が遅ればせに駆けつけておいでになり、

「やあ、やあ、大星。今表門から攻め寄せて来るのは師直の弟師安《もろやす》だ。この場で腹を切ったら、敵に恐れをなしたと後世まで非難される。塩冶公のご菩提所《ぼだいしょ》の光明寺《こうみょうじ》へ立《た》ち退《の》くがいい」

由良之助はその言いつけにハッとして、

「いかにも、われらは最期を遂げるにしても、亡きご主人の墓前でするのがすじというもの。お言葉に従って立ち退きましょう。後方の援護をお願いします」

という間もなく、どこに潜んでいたのか薬師寺次郎と鷺坂伴内《さぎさかばんない》が現れて、

「やい、大星、逃さんぞ」

左から右からと斬りかかって来ます。力弥はすかさずそれを受け流して、しばらくは斬り合いをしておりましたが、弾みをつけて斬り込んだ太刀《たち》で薬師寺は袈裟《けさ》がけに斬られて最期を遂げ、返す刀で足を切られた鷺坂伴内は足を尾に代えて逃げられもせず、そのまま息絶えてしまいました。

「おお、お手柄、お手柄」

との賞《ほ》め言葉は長く後世に伝わる義士たちへの賞賛となり、これもひとえに世の中が久しく治まるお手本として、竹本座の繁栄を願いつつ、ここに書き残します。

全集版あとがき

従来イメージからの脱却

私がまだ子供の頃、昭和三十年代までは、日本人なら誰でも何となく知っているように思われていた「忠臣蔵」。年末映画の定番レパートリーで、TV番組では抜群の視聴率を誇り、コメディアンのパロディでも笑いが取れる、いわば国民的ドラマだったのはもはや遠い過去なのでしょう。それでも元禄の赤穂事件にからんだ一連のドラマをまとめて「忠臣蔵」と呼び習わすようになったルーツの『仮名手本忠臣蔵《かなでほんちゅうしんぐら》』に対する誤解は一応解いておきたい気持ちがあります。

なぜなら「忠臣蔵」のイメージは明治期に右翼的な政治結社の後援を得た浪曲で人口に膾炙《かいしゃ》し、戦前までは忠君愛国思想と結びつけられた側面がある一方、戦後は高度経済成長下において日本型組織集団の象徴的な美談として好まれたふしがあるからです。それら通念的なイメージを元にした忠臣蔵論議は、『仮名手本忠臣蔵』が初演当時に獲得した人気とは別次元の取りざたのように思われてなりません。

当時の人気理由を同時代人として最も端的に述べているのは、弥次喜多《やじきた》道中の「膝《ひざ》栗毛《くりげ》」シリーズで名高く、自らも浄瑠璃《じょうるり》作者の経験がある十返舎一九《じっぺんしゃいっく》でしょう。彼はこの作品が従来の浄瑠璃にないスピーディな展開と簡潔な文体で成り立ち、それが爆発的な人気に結びついたことを『忠臣蔵岡目評判』という著作の中ではっきりと指摘しています。

今回の現代語訳をするに当たっても、私は改めて一九の指摘が実に正しいことを認めざるを得ませんでした。と同時に、小説を書きだす以前には歌舞伎の舞台制作に携わったり、入門書を手がけていた関係で、原文によく目を通していたはずの自身もまた「何となく」わかっているつもりでいた箇所が、残念ながら結構いい加減な理解で済ませていたことに気づきました。

ところが既に出版物として世にある浄瑠璃研究者の現代語訳や注釈に目を通しても、ここぞと知りたい箇所の解釈に限って曖昧にぼかされていたりします。そういう箇所には思いきって踏み込んで、自分なりの解釈をほどこすことにしました。我ながらいささか勇み足ともいえそうなその試みは、学生時代の恩師である内山美樹子《うちやまみきこ》先生が解題と監修を引き受けられたことの安心感に支えられたものでもあります。

幸い現在は江戸期を背景にした時代小説を書くため当時のさまざまな史料に目を通していることもあって、演劇関係の文献にしか目の行かなかった学生時代よりは自信を持って解釈に臨める点が強みでした。

それとは裏腹に、ふだん時代小説を書いている人間だからこその弱みも大いにあります。まずもって作家独自の文体を活かした現代語訳が望まれる今度の仕事は、時代小説作家に最も不向きなように思われました。たとえば時代小説だと当たり前に用いる「そなた」という二人称は、現代人に決して理解できない単語ではありません。そうした現代にも生命を保つ古語をそのまま活かすかどうかも、時代小説作家としては悩みどころとなります。さらには現代人的な行動や思念や感情も、敢えて古風な言い回しを用いることでそれなりの雰囲気を出そうとする時代小説の作法とは、全く逆の作業を要求されるのも殺生な話といわざるを得ません。

結果、これは時代小説作家の顔ではとても引き受けられない仕事だと判断し、いわば昔取った杵柄《きねづか》で、若い人向けの歌舞伎入門書を手がけていた頃の感覚を取り戻して翻訳に当たろうと決めました。かくして現代にはない階級制度による言葉遣いのニュアンスをどう活かすかも、登場人物の関係性を咀嚼《そしやく》した上で、私なりの工夫をほどこしたつもりです。

もちろん原文には忠実に訳しながらも、現代文に訳して読み直してみると、原作の浄瑠璃としての斬新さが自分でもより際立って感じられるようでした。斬新なのは展開のスピーディさや簡潔な文体ばかりでなく、登場人物の行動原理やドラマ全体を突き動かすモチーフが、当時の人形浄瑠璃としては珍しいくらいリアルに且つ人間臭く設定されている点も見逃せません。モデルの事件からほぼ半世紀を経たドラマ化は、かくもフリーな発想を可能にしたかと驚くばかりです。

タイトルで「忠臣」を謳いながら、ドラマ全体は忠義よりむしろ三組の男女の恋愛をモチーフに展開するところが、当時の庶民感情に強くフィットしたことも窺えます。まず事件の発端は高齢の意地悪な権力者高師直《こうのもろなお》が絶世の美女顔世御前《かおよごぜん》に邪《よこしま》な恋心を抱いたこと。対照的に小浪《こなみ》・力弥《りきや》の若年カップルが育む純愛には周囲の大人たちが負けてしまうホームドラマ風の悲劇もあれば、間の悪いオフィスラブで人生が狂った若手エリート社員のような勘平《かんぺい》は、全作の大団円に至るまでその存在感を強く発揮しています。

要するに男女の恋愛のほかにも夫婦愛や親子愛に充ち満ちた『仮名手本忠臣蔵』は、忠君愛国思想とも企業戦士のバイブルともかけ離れたヒューマンドラマだったのです。

それがこうした現代語訳を通じて、「何となく」ご存じだった方に少しでもはっきりと伝われば、訳者としては幸いこの上もありません。

参考文献
・「仮名手本忠臣蔵」長友千代治　校注・訳（新編日本古典文学全集77『浄瑠璃集』所収）小学館　二〇〇二年
・「仮名手本忠臣蔵」鶴見誠　校注（日本古典全書『竹田出雲集』所収）朝日新聞社　一九五六年

文庫版あとがき

「忠臣蔵」の意外な現代性

権力者のセクハラに次ぐパワハラの嵐
トップの急死による組織の崩壊とリベンジの道のり
オフィスラブの顚末と家族の悲運
韜晦術《とうかいじゅつ》に長けたリーダーの思惑と部下の疑惑
義母娘《ぎぼむす》のジレンマと意外な父の決断
巨悪に鉄槌《てつつい》を下すテロの完遂と決死の市民バックアップ

現代語訳を改めて読み直したら、右のようなキャッチコピーが頭に浮かびました。
これだと『仮名手本忠臣蔵』は現代でも一般受けしそうなエレメントのぎっしり詰ま

ったドラマに見えるかもしれません。

裏を返せば「忠臣蔵」という大衆性の高いドラマが広く浸透した結果、集団テロ事件そのものが美談として後世に長く伝わったと見ることもできなくはないのです。

もちろんタイトルが示す通り、ドラマの基軸となるのは現代人に理解の難しい「主従」という人間関係における「忠」の思想感情なのでしょう。そうはいっても、「忠臣」オンパレードのドラマかと思いきや、案外そうでもないところに時代を超えた普遍性がありそうです。

ドラマに表立つ主人公の大星由良之助《おおぼしゆらのすけ》はたしかに忠臣ですが、裏で悲劇を担う早野《はやの》勘平《かんぺい》と加古川本蔵《かこがわほんぞう》はおよそ忠臣とは呼びがたい人物です。何しろ秘書の立場で主人に随行していた勘平は、主人をほったらかして恋人と情事に耽《ふけ》る始末ですし、本蔵は武士として本来主人のために捨てるはずの命を、可愛い娘のために捨てると宣言したのですから。

忠臣の理想のように描かれた由良之助でさえ、現代語訳で読めばとんだセクハラ親父の面が際立ってきます。七段目のみならず九段目でも顕著な彼のセクハラぶりは現代だと顰蹙《ひんしゅく》ものですが、当時は偉大な人物を身近に感じさせる、きっと脚色の基本テクだったのでしょう。

ドラマ全体に男女の色恋が大きなウエイトを占めるのは全集版のあとがきで触れましたが、大星夫妻と加古川夫妻のそれぞれ微妙に違う夫婦関係を匂わせてあるのも、現代語訳だとわかりやすいのではないでしょうか。舞台で観ると本蔵は老人じみた扮装でも、原作を読めば由良之助に負けず劣らずなかなか洒落《しゃれ》た人物で、だからこそ年の離れた相手と再婚できたのだろうと想像もできます。

このドラマが身近に感じられるのは、前半でとにかく間の悪い出来事が続出して事態がいっきに暗転するところかもしれません。高師直《こうのもろなお》が塩冶判官《えんやはんがん》にパワハラするのは彼が大変な屈辱を余儀なくされた直後ですし、本蔵が二人のバトルを目撃して判官を邪魔したのもたまたまそこに居合わせたからで、勘平の情事の最中に主人の一大事が起きたのもすべては偶然、ただ間が悪かったとしかいいようがないのです。だれしも人生で、ああ、あれはタイミングが悪かったんだ……と嘆いた経験がなくはないでしょうし、その思いは時代を超えて万人の共感を得やすいはずです。

間が悪い最たる人間は勘平で、千崎弥五郎《せんざきやごろう》との出会いも猪に遭遇するのも結果的には間が悪い！の連鎖によって、誤解されたあげくに目的を達せないまま自死を選ぶはめになるので、彼に集まる同情票は常に少なくありません。原作からして頗《すこぶ》る同情的な扱いを受けており、十一段目では姿こそ現さないものの、由良之助に次ぐ主人公として再フィーチャーされています。勘平のように悲運な登場人物を最後の最後で救う幕切れは、日本のドラマの甘さともまた優しさともいえそうです。

もっとも、十一段目が原作通りに上演されることはまずありません。他の段も現行の文楽や歌舞伎は原作をそれなりに変えて上演します。「忠臣蔵」は文楽でも歌舞伎でも全段すべて今日に上演している稀有な作品なので、現代語訳を読めば歌舞伎が文楽に比していかに原作を大幅に変えているかもよくわかるでしょう。現代語訳はまた観劇後にノベライゼーションの一種として楽しむのも悪くない気がします。

自身の訳文を今回改めて読み直したら、相変わらず気になるのが敬称でした。原文では「殿」とある箇所をほとんど「さん」にしましたが、同じ人物が同じ相手に両方を使うケースもあります。お軽《かる》は「勘平殿」と「勘平さん」を使い分けていて、「殿」には多少改まったニュアンスがありそうですし、相手との身分関係によってもニュアンスは微妙に異なるのでしょう。ただそこに踏み込んでも、平等化の急速に進んだ現代では適宜な訳語が見つかりません。人間社会のありようが劇的に変化したことも現代語訳で大いに気づかされました。

ところで語訳する際に、わたしは従来の研究者の訳文よりも踏み込んだ解釈をほどこしたつもりですが、それは学生時代の恩師だった浄瑠璃研究の泰斗、内山美樹子先生の後見があったおかげだと全集版のあとがきで触れています。二〇一六年に刊行された際には先生から拙訳を意外なほどほめて戴いてひとまずほっとしたのも束の間、先生は二〇二二年に他界され、この文庫本には目を通して戴くことが叶わないのを今は残念に心許なく思うばかりです。

解説

酒井順子

文楽や歌舞伎で観る機会が多い『仮名手本忠臣蔵』は、有名な分、知ったつもりになりがちな話である。しかし本書で忠臣蔵を「読む」ことによって、私の中のイメージは揺さぶられた。忠臣蔵のあちらこちらでは、当時の社会の二層構造が提示されるが、二層の対比を見ることによって、舞台の上では見えなかったことが、見えてくるのだ。

その二層とは、たとえば男と女。男達の物語という印象の強い忠臣蔵だが、物語は最初から、女性絡みで動き出す。塩冶判官《えんやはんがん》の妻・顔世《かおよ》に、高師直《こうのもろなお》が横恋慕したことがきっかけで、塩冶判官は刀を抜いてしまうのだ。

その時、恋人の早野勘平《はやのかんぺい》と乳繰りあっていたのは、お軽《かる》。お軽、小浪《こなみ》という恋に前のめりな二人の娘は、忠臣蔵に添えられるちょっとした彩り、つまり弁当の中のプチトマト的存在だと私は捉えていた。が、本書を読んで思ったのは、彼女達は「武士もまた人」と訴える役割を担うのではないか、ということ。お家を憂う一方で、女の恋情にほだされもする武士を描く忠臣蔵は、恋愛を肯定する物語でもあるのだ。

男と女という二層は、公と私の二層とも重なる。主君への忠愛という公的感情と、異性や親子の間の私的な愛が一人の人間の中に同居しているからこそ起こる矛盾やねじれは、今を生きる人と共通するものだろう。

悪人と善人の対比も、読みどころだ。斧九太夫《おのくだゆう》は、塩冶家では大星《おおぼし》家より上位の家老だったというのに、主君が自害の後は、討ち死にを恐れて親子で逃走。そんな斧親子は、忠臣蔵のモデルとなった史実において、浅野家の家臣全員が討ち入りに参加したわけではないことを伝えるかのようである。

斧親子のように、お金が好きで、命を惜しむ悪人は、欲望に素直なタイプと言うこともできる。彼等の存在によって浮かび上がるのは、欲望のみならず、生存本能にすら逆らって討ち入りを果たす四十七士達の、今となってはマゾヒズムのようにも見える感覚である。

町人と武士という二層も忠臣蔵では描かれるが、妻を実家に帰してまで討ち入り用品を揃えるのは、堺の商人・天河屋《あまかわや》義平《ぎへい》。義平は、「根性」を持っているのは武士だけではないことを、武士以上のマゾヒズムを発揮して見せつけるのだ。

それら討ち入りに参加しない人々が証明するのは、あちら側の人間もこちら側の人間も紙一重、という事実である。キレて刀を抜く塩冶判官、性欲に負ける勘平、討ち死にと聞いて逃げ出す斧親子等、塩冶家は、ダメ武士達によって打撃を受ける。むしろ女や町人の方が思慮深かったり潔かったりする様は、武士もそれ以外も同じ人間、ということを示すのではないか。

では、現代においてはマゾヒズム物語に見えかねない忠臣蔵を、松井今朝子氏はどう訳したのだろうか。

古典を現代文に訳すには、まず訳者自身の立ち位置を決める必要がある。重きを置くのは読みやすさなのか、原文への忠実さなのか、はたまた自身の個性なのか、等々。

全集版あとがきには、松井氏が「そなた」のような古風な言い回しを用いて「それなりの雰囲気」を出すことを避けたとある。松井氏はそこで、時代小説作家としてではなく、歌舞伎入門書を手がけていた頃の感覚で訳すことを決意。その時に選んだのは、読みやすいと同時に原文にも忠実という、最も険しい道ではなかったか。

ためしに本書から、二人称代名詞を拾い上げてみよう。第五段、山崎街道を舞台にした場面では、千崎弥五郎《せんざきやごろう》が勘平に「お前は早野勘平じゃないか？」と呼びかけているが、ここでの「お前」は、原文では同輩に対して呼びかける二人称である「和殿《わどの》」

が使われている。

同じく弥五郎が勘平に対して「さてさて君は」と呼びかける場面での「君」は、原文では、同輩以下の相手に使う「お手前《てまえ》」。また与市兵衛《よいちべえ》が定九郎《さだくろう》に呼びとめられる時、原文の「貴様」は、そのまま現代語訳でも使用される。その後、原文では定九郎が与市兵衛を「ありさま」と呼ぶが、乱暴な響きを持つこの二人称は、「お前さん」と訳されているのだ。

相手と自分の立場に応じて様々に変わる原文の二人称を、松井氏は「そなた」にまとめることなく、それぞれに訳し出した。祇園一力《ぎおんいちりき》の場面で、遊女達が由良之助《ゆらのすけ》に呼びかける「お前」が「あんたはん」に訳されているのは、京都人だからこその手腕だろう。

このように繊細な言葉の選択を重ねることによって、本書は単に「それっぽい」お話でなく、今に生きる言葉を使用した、本当の意味での現代語訳となったのだ。

本書を読んで、忠臣蔵の隅々までにピントが合った気がするのは、だからこそ。知った気で観ていた忠臣蔵の別の部分にスポットライトが当たったかのようであり、次に劇場に観に行く時は、よりくっきりと物語が見えてくる気がしてならないのだった。

（さかい・じゅんこ／エッセイスト）

解題

児玉竜一

初演と作者

『仮名手本忠臣蔵』は、寛延元年（一七四八）八月十四日に大坂道頓堀《どうとんぼり》の人形浄瑠璃の劇場、竹本座《たけもとざ》で初演された。全十一段からなる。

作者は、当時の慣習で合作、初演時の公式テキスト（正本）の末尾には、「竹田出雲《いずも》、三好松洛《しょうらく》、並木千柳《せんりゅう》」の名前が並んでいる。竹田出雲（二代目）は、前年に初代が亡くなったあとを継いで竹本座の経営者でもあった。三好松洛は竹本座生え抜きの古株で、明和八年（一七七一）の『妹背山婦女庭訓《いもせやまおんなていきん》』まで長く竹本座のために献身する作者である。並木千柳は、かつて並木宗輔《そうすけ》（宗助）と名乗って、竹本座のライバル豊竹座《とよたけざ》の首席作者の地位にあったので、ここでは「宗輔」で統一する。一時、歌舞伎作者に転身したのち、延享二年（一七四五）に名を千柳と改めて竹本座に参加した。

並木宗輔が加入してから、竹本座は日本戯曲史に残る名作を毎年のように初演してゆく。『夏祭浪花鑑《なつまつりなにわかがみ》』、『菅原伝授手習鑑《すがわらでんじゅてならいかがみ》』、『義経千本桜《よしつねせんぼんざくら》』、『仮名手本忠臣蔵』、『双《ふたつ》蝶々曲輪日記《ちょうちょうくるわにっき》』、『源平布引滝《げんぺいぬのびきのたき》』。これらは、人形浄瑠璃で今日まで、途切れることなく上演し続けられてきただけでなく、初演後すぐに歌舞伎でも上演されて今日まで演じ続けられてきた。このように名作を輩出し、いわば日本戯曲史の黄金時代を招き寄せる原動力となったのは、並木宗輔であろう。

　並木宗輔は、豊竹座時代には、女性の表現に長けた太《た》夫《ゆう》や人形陣を利して、特異な女性造形に妙をみせたり、心理的に人物を追い詰めてゆくような劇をさかんに描いた。劇中の謎をめぐって巧みな伏線を織り交ぜて、最終的にそれを回収する手腕も見事で、「推理小説的」とも称される一面は、絶筆となった宝暦元年（一七五一）の『一谷嫩軍記《いちのたにふたばぐんき》』まで衰えることがない。『仮名手本忠臣蔵』での宗輔の分担部分には諸説あるが、五・六段目を担当したのは動かないと思われる。物的証拠としての財布と五十両の移動、刀と鉄砲による傷口の相似など、いくつかの偶然と誤解によって進む事態を、観客はすべて目の当たりにしているのに、登場人物は知らないまま破局へと突き進む構成は、その見事さの一例といえよう。

語り物と演劇

人形浄瑠璃という演劇ジャンルは、現在では「文楽」と呼ばれる。文楽という名称は、十九世紀中盤以降に力を得た興行師の名前に由来し、明治期に最も有力な専門劇場「文楽座」を率いていたことが直接の典拠となっている。明治四十二年（一九〇九）に文楽座は松竹に経営を委ね、戦中戦後の激動期を持ちこたえた松竹は、映画産業が斜陽となった昭和三十七年（一九六二）にこれを国家献納という形で手放すこととした。そこで国・大阪府・大阪市・ＮＨＫからの補助で運営する、財団法人の文楽協会の手に委ねられて今日に至っている。本拠地である大阪の国立文楽劇場で年四回、東京の国立劇場（二〇二三年九月を最後に改修工事）で年四回の興行を行っている（他に地方巡業などの普及活動を行う）。

人形の技芸と、浄瑠璃という語り物が結びついたのは、一六〇〇年前後のこととされる。三味線という外来楽器を得て、多くの流派が競い合うように生まれたが、貞享元年（一六八四）に大坂道頓堀に旗揚げした竹本義太夫《ぎだゆう》の竹本座が、近松門左衛門の現代性にあふれた戯曲の力もあずかって、十八世紀初頭には浄瑠璃界を制覇するに至っていた。『仮名手本忠臣蔵』は、それから約半世紀後の初演で、義太夫節を創始した竹本義太夫と近松門左衛門を第一世代とすれば、演技陣と作者陣は第二世代にあたる。

その第一世代と第二世代の間に、人形の操法は、一体の人形を一人で遣う「一人遣い」から、三人で遣う「三人遣い」へとシフトして、基本的な操作方法の構造は今日に至るまで変わっていない。

語り物では、一人の太夫と三味線が、あらゆる登場人物を語り分け、全世界を描写してゆくのを基本とする。とくに、情景や心情を描写する地の文は、同時進行的に人物に寄り添う場合もあれば、突如として鳥瞰《ちょうかん》するような視点から、事後の目によって事態を突き放す場合もある。『仮名手本忠臣蔵』でいえば、大序《だいじょ》で衝突するのは高師直《こうのもろなお》と桃井若狭之助《もものいわかさのすけ》であるが、師直の喧嘩の相手がやがて塩冶判官《えんやはんがん》に移ることが予告されている。あるいは四段目では、判官切腹の血刀を見つめる大星由良之助《おおぼしゆらのすけ》の描写に、彼が末世末代まで忠臣の鑑《かがみ》と讃えられることを予告して、その大本、根本となるのは今この時だったのだと語られる。そうした、リアリティと客観性の交錯が、語り物としての義太夫節の魅力だといえよう。

しかし、この『仮名手本忠臣蔵』の年代になると、変則的な例外も生まれていて、一人の太夫が特定の人物だけを担当して、複数の太夫によって「掛合」の形式で演じるといった場面もある。七段目がそれにあたり、地の文よりも会話の割合が非常に大きい。語り出しと語り終わりが会話であるのも珍しいが、たとえば由良之助が床下に潜んでいる斧九太夫《おのくだゆう》にいつ気づくのかということが、地の文で明確に書かれていない。人形による演技の比重もまた大きくなっていたということが、示唆されているのであろう。

題材と脚色

『仮名手本忠臣蔵』の題材となったのは、赤穂《あこう》四十七士の討ち入り事件である。日本史の方では「赤穂事件」と通称することが多いようだが、一般には「忠臣蔵」で通るというのは、本作の偉大な影響力を物語っている。ちなみに「赤穂浪士」というのは、昭和初年の不景気の時勢を背景に、大佛《おさらぎ》次郎が書いた同名小説以来の呼称で、「浪士」というところにインパクトがあった。それ以前は「赤穂義士」の方が一般的である。

念のためかいつまんでいうと、元禄十四年（一七〇一）三月十四日に江戸城中で、勅《ちょく》使《し》饗応役の浅野内匠頭《たくみのかみ》が、饗応指南の高家《こうけ》吉良《きら》上野介《こうずけのすけ》に切りつけ、即日切腹を命じられた。刃傷《にんじょう》の理由は諸説あるも、不明。赤穂浅野家は改易、領地は没収となって、離散した家臣の内、国家老《くにがろう》大石内蔵助《くらのすけ》をはじめとする四十七人が、元禄十五年（一七〇二）十二月十四日に、本所《ほんじょ》松坂町の吉良邸に討ち入って上野介の首級をあげ、高輪《たかなわ》泉岳寺の内匠頭の墓前に備えた。自首した彼らは元禄十六年（一七〇三）二月四日に切腹を命じられ、同時に吉良家も改易となった。

この事件は、演劇の世界でも恰好の題材とみなされ、歌舞伎では、元禄十六年正月に江戸山村座『傾城阿佐間曾我《けいせいあさまそが》』五番目の曾我兄弟の夜討ちで、大勢が梯子で塀を乗り越える場面が設けられたのが、四十七士の討ち入りをモデルにした最初とされている。

江戸の府内で起きた同時代の大事件を、あからさまに脚色することは憚《はばか》られた。そこで、別の時代の物語、別の「世界」に仮託して劇化するのは、歌舞伎や人形浄瑠璃の常套手段だった。人形浄瑠璃での赤穂事件物は、近松門左衛門『碁盤太平記《ごばんたいへいき》』が早い例とされる。これは太平記物の『兼好法師物見車《けんこうほうしものみぐるま》』の続編で、主人公八幡六郎が、『碁盤太平記』になって大星由良之助と改名する。紀海音《きのかいおん》『鬼鹿毛無佐志鐙《おにかげむさしあぶみ》』や並木宗輔の『忠臣《ちゅうしん》 金短冊《こがねのたんざく》』は、小栗判官《おぐりはんがん》の世界を借りている。

『仮名手本忠臣蔵』は太平記の世界を借りている。『太平記』巻第二十一に、高師直が塩冶判官を讒言《ざんげん》して滅亡に追いやったという記述がある。その関係を赤穂事件に重ね合わせる形の、いわば複眼的な脚色がなされているのである。しかも吉良上野介にあたる高師直は、吉良が高家であることを連想させ、浅野内匠頭にあたる塩冶判官は、赤穂の名産である塩を連想させる。だが、それだけでは飽き足らない作者たちは、赤穂事件を匂わせるために腐心している。大序には「切られぬ高師直を」と、「切ら＝吉良」を忍びこませ、八段目では「大石や。小石ひろうて」と「大石」の名を出す。九段目では判官の短慮を指して「浅きたくみの塩冶殿」という形容があって、浅野内匠頭がほのめかされている。並木宗輔は大坂落城劇『南蛮鉄後藤目貫《なんばんてつごとうのめぬき》』で上演差し止めをくらったこともあるのだが、作者陣はこの三人の名前はなんとしても出したかったのであろう。

三人の死と三つの恋

このように、最高の作者陣によって、巧みな脚色をほどこされた『仮名手本忠臣蔵』は、おそらく歌舞伎と人形浄瑠璃を通して、最高の上演回数をほこる作品となっている。

だが、赤穂事件を脚色した代表作という点で知れ渡っているだけに、ともすると主君への一途な忠義だけを描いた作品であるような誤解も受けているように思われる。内容を一読すれば、そのような誤解は解けるのだが、有名作ならではの災難というべきだろうか。

戯曲としての中心が、討ち入りによる仇討ち成就の十一段目にないことは、分量からも明らかである。結末ではなく、それに至るまでの過程が焦点となるのは、歌舞伎や人形浄瑠璃の作品すべてにあてはまる。

『仮名手本忠臣蔵』では、四段目の判官切腹、六段目の勘平《かんぺい》腹切り、九段目の本蔵《ほんぞう》の死という、三人の死を中心に全体が構成されている。それぞれの死には、密接に恋が関係していて、判官の死の原因となったのは師直の邪恋であり、勘平の死はお軽《かる》との恋の帰結であり、本蔵の死は娘小浪《こなみ》と大星力弥《りきや》の清純な恋を叶えるためのものであった。

判官切腹は、赤穂事件の史実と密着すると同時に、大星由良之助という主人公を登場させる重要な契機となっている。「あいつを殺《や》ってくれ」と切腹した人間の願いを叶えることは、指《さ》し腹《ばら》といって、事情の如何に関わらず仇討ちの要件を満たすものと江戸時代には考えられた。

勘平とお軽は、実は十歳近い年の差カップルで、とりわけお軽の造形が出色である。草深い田舎を嫌って武家奉公、やがて良い男をつかまえて帰郷したものの、男のために身を売って祇園暮らし。そこでも「はや里馴れて」という、環境適応能力の卓抜さと行動力は、とても三百年近い昔の話とは思えない。

小浪の純情を叶えるため、徹底した地味婚作戦で臨んだ継母戸無瀬《となせ》の心遣いは、空しく大星家の拒絶にあう。実は小浪を寡婦にしないための由良之助の配慮だったのだが、それを見抜いた本蔵の狂気のような捨て身の行動によって、若い二人はたった一晩だけの夫婦になることができる。そして由良之助は本蔵と共に、「今の忠義を戦場のお馬先《うまさき》にて尽《つく》さば」と嘆く。こんなことのために死ぬべき命ではないのに、という二人にとって、仇討ちは決して晴れがましい壮挙ではなく、主君の「御短慮なる御しわざ」の後始末に過ぎない。それこそが『仮名手本忠臣蔵』の奥の院なのである。

二月下旬の大序に始まり、築山《つきやま》の桜が花盛りとなる四段目。五段目は六月二十九日、夏の闇の中の出来事で、六段目はその翌日。炉に炭をつぐような季節の七段目から、雪に埋もれた厳寒の山科《やましな》の九段目。四季折々の描写の中に展開されてゆく群像劇は、この国に住む人々に、最も愛された物語世界のひとつであった。

（こだま・りゅういち／早稲田大学教授　歌舞伎研究・批評）

本書は、二〇一六年十月に小社から刊行された『能・狂言／説経節／曾根崎心中／女殺油地獄／菅原伝授手習鑑／義経千本桜／仮名手本忠臣蔵』（池澤夏樹＝個人編集　日本文学全集10）より、「仮名手本忠臣蔵」を収録しました。文庫化にあたり、一部修正し、書き下ろしのあとがきと解説、解題を加えました。

仮名《かな》手本《でほん》忠臣蔵《ちゅうしんぐら》

二〇二三年一二月一〇日　初版印刷
二〇二三年一二月二〇日　初版発行

訳　者　松井《まつい》今朝子《けさこ》
発行者　小野寺優
発行所　株式会社河出書房新社
〒一五一－〇〇五一
東京都渋谷区千駄ヶ谷二－三二－二
電話〇三－三四〇四－八六一一（編集）
〇三－三四〇四－一二〇一（営業）
https://www.kawade.co.jp/

ロゴ・表紙デザイン　粟津潔
本文フォーマット　佐々木暁
本文組版　KAWADE DTP WORKS
印刷・製本　中央精版印刷株式会社

Printed in Japan　ISBN978-4-309-42069-1

河出文庫 古典新訳コレクション

古事記 池澤夏樹〔訳〕
百人一首 小池昌代〔訳〕
竹取物語 森見登美彦〔訳〕
伊勢物語 川上弘美〔訳〕
源氏物語1〜8 角田光代〔訳〕
堤中納言物語 中島京子〔訳〕
土左日記 堀江敏幸〔訳〕
枕草子1・2 酒井順子〔訳〕
更級日記 江國香織〔訳〕
平家物語1〜4 古川日出男〔訳〕
日本霊異記・発心集 伊藤比呂美〔訳〕
宇治拾遺物語 町田康〔訳〕
方丈記・徒然草 高橋源一郎・内田樹〔訳〕
能・狂言 岡田利規〔訳〕
好色一代男 島田雅彦〔訳〕

雨月物語 円城塔〔訳〕
通言総籬 いとうせいこう〔訳〕
春色梅児誉美 島本理生〔訳〕
曾根崎心中 いとうせいこう〔訳〕
女殺油地獄 桜庭一樹〔訳〕
菅原伝授手習鑑 三浦しをん〔訳〕
義経千本桜 いしいしんじ〔訳〕
仮名手本忠臣蔵 松井今朝子〔訳〕
松尾芭蕉 おくのほそ道 松浦寿輝〔選・訳〕
与謝蕪村 辻原登〔選〕
小林一茶 長谷川櫂〔選〕
近現代詩 池澤夏樹〔選〕
近現代短歌 穂村弘〔選〕
近現代俳句 小澤實〔選〕

＊以後続巻
＊内容は変更する場合もあります

時代劇は死なず！　完全版

春日太一　41349-5

太秦の職人たちの技術と熱意、果敢な挑戦が「新選組血風録」「木枯し紋次郎」「座頭市」「必殺」ら数々の傑作を生んだ――多くの証言と秘話で綴る白熱の時代劇史。春日太一デビュー作、大幅増補・完全版。

完本　チャンバラ時代劇講座　1

橋本治　41940-4

原稿枚数1400枚に及ぶ渾身の大著が遂に文庫化！文学、メディア、芸能等の歴史を横断する、橋本治にしか書けないアクロバティックなチャンバラ映画論にして、優れた近代日本大衆史。第三講までを収録。

完本　チャンバラ時代劇講座　2

橋本治　41941-1

原稿枚数1400枚に及ぶ渾身の大著が遂に文庫化！文学、メディア、芸能等の歴史を横断する、橋本治にしか書けないアクロバティックなチャンバラ映画論にして、優れた近代日本大衆史。

伊能忠敬　日本を測量した男

童門冬二　41277-1

緯度一度の正確な長さを知りたい。55歳、すでに家督を譲った隠居後に、奥州・蝦夷地への測量の旅に向かう。艱難辛苦にも屈せず、初めて日本の正確な地図を作成した晩熟の男の生涯を描く歴史小説。

伊能忠敬の日本地図

渡辺一郎　41812-4

16年にわたって艱難辛苦のすえ日本全国を測量した成果の伊能図は、『大日本沿海輿地全図』として江戸幕府に献呈された。それからちょうど200年。伊能図を知るための最良の入門書。

大河への道

立川志の輔　41875-9

映画「大河への道」の原作本。立川志の輔の新作落語「大河への道」からの文庫書き下ろし。伊能忠敬亡きあとの測量隊が地図を幕府に上呈するまでを描く悲喜劇の感動作！

異聞浪人記

滝口康彦 41768-4

命をかけて忠誠を誓っても最後は組織の犠牲となってしまう武士たちの悲哀を描いた士道小説傑作集。二度映画化されどちらもカンヌ映画祭に出品された表題作や「拝領妻始末」など代表作収録。解説＝白石一文

吉原という異界

塩見鮮一郎 41410-2

不夜城「吉原」遊廓の成立・変遷・実態をつぶさに研究した、画期的な書。非人頭の屋敷の横、江戸の片隅に囲われたアジールの歴史と民俗。徳川幕府の裏面史。著者の代表傑作。

風俗　江戸東京物語

岡本綺堂 41922-0

軽妙な語り口で、深い江戸知識をまとめ上げた『風俗江戸物語』、明治の東京を描いた『風俗明治東京物語』を合本。未だに時代小説の資料としても活用される、江戸を知るための必読書が新装版として復刊。

綺堂随筆　江戸の思い出

岡本綺堂 41949-7

江戸歌舞伎の夢を懐かしむ「島原の夢」、徳川家に愛でられた江戸佃島の名産「白魚物語」、維新の変化に取り残された人々を活写する「西郷星」、「ゆず湯」。綺堂の魅力を集めた随筆選。

羆撃ちのサムライ

井原忠政 41825-4

時は幕末。箱館戦争で敗れ、傷を負いつつも蝦夷の深い森へ逃げ延びた八郎太。だが、そこには——全てを失った男が、厳しい未開の大地で羆撃ちとなり、人として再生していく本格時代小説！

五代友厚

織田作之助 41433-1

ＮＨＫ朝の連ドラ「あさが来た」のヒロインの縁故者、薩摩藩の異色の開明派志士の生涯を描くオダサク異色の歴史小説。後年を描く「大阪の指導者」も収録する決定版。

完全版　本能寺の変　431年目の真実

明智憲三郎　41629-8

意図的に曲げられてきた本能寺の変の真実を、明智光秀の末裔が科学的手法で解き明かすベストセラー決定版。信長自らの計画が千載一遇のチャンスとなる⁉　隠されてきた壮絶な駆け引きのすべてに迫る！

史疑　徳川家康

榛葉英治　41921-3

徳川家康は、若い頃に別人の願人坊主がすり替わった、という説は根強い。その嚆矢となる説を初めて唱えたのが村岡素一郎で、その現代語訳が本著。2023ＮＨＫ大河ドラマ「どうする家康」を前に文庫化。

天下分け目の関ヶ原合戦はなかった

乃至政彦／高橋陽介　41843-8

石田三成は西軍の首謀者ではない！家康は関ケ原で指揮をとっていない！小早川は急に寝返ったわけではない！…当時の手紙や日記から、合戦の実相が明らかに！ 400年間信じられてきた大誤解を解く本。

信玄忍法帖

山田風太郎　41803-2

信玄が死んだ⁉　徳川家康は真偽を探るため、伊賀忍者九人を甲斐に潜入させる。迎え撃つは軍師山本勘介、真田昌幸に真田忍者！　忍法春水雛、煩悩鐘、陰陽転…奇々怪々な超絶忍法が炸裂する傑作忍法帖！

婆沙羅／室町少年倶楽部

山田風太郎　41770-7

百鬼夜行の南北朝動乱を婆沙羅に生き抜いた佐々木道誉、数奇な運命を辿ったクジ引き将軍義教、奇々怪々に変貌を遂げる将軍義政と花の御所に集う面々。鬼才・風太郎が描く、綺羅と狂気の室町伝奇集。

室町お伽草紙

山田風太郎　41785-1

足利将軍家の姫・香具耶を手中にした者に南蛮銃三百挺を与えよう。飯綱使いの妖女・玉藻の企みに応じるは信長、謙信、信玄、松永弾正。日吉丸、光秀、山本勘介らも絡み、痛快活劇の幕が開く！

外道忍法帖

山田風太郎　41814-8

天正少年使節団の隠し財宝をめぐって、天草党の伊賀忍者15人、由比正雪配下の甲賀忍者15人、大友忍法を身につけた童貞女15人による激闘開始！怒濤の展開と凄絶なラストが胸を打つ、不朽の忍法帖！

忍者月影抄

山田風太郎　41822-3

将軍の妾を衆目に晒してやろう。尾張藩主宗春の謀を阻止せんと吉宗は忍者たちに密命を下す！氷の忍者と炎の忍者の洋上対決、夢を操る忍者と鏡に入る忍者の永劫の死闘など名勝負連発、異能バトルの金字塔！

八犬伝　上

山田風太郎　41794-3

宿縁に導かれた八人の犬士が悪や妖異と戦いを繰り広げる雄渾豪壮な『南総里見八犬伝』の「虚の世界」。作者・馬琴の「実の世界」。鬼才・山田風太郎が二つの世界を交錯させながら描く、驚嘆の伝奇ロマン！

八犬伝　下

山田風太郎　41795-0

仇と同志を求め、離合集散する犬士たち。息子を失いながらも、一大決戦へと書き進める馬琴を失明が襲う——古今無比の風太郎流『南総里見八犬伝』、感動のクライマックスへ！

柳生十兵衛死す　上

山田風太郎　41762-2

天下無敵の剣豪・柳生十兵衛が斬殺された！　一体誰が彼を殺し得たのか？　江戸慶安と室町を舞台に二人の柳生十兵衛の活躍と最期を描く、幽玄にして驚天動地の一大伝奇。山田風太郎傑作選・室町篇第一弾！

柳生十兵衛死す　下

山田風太郎　41763-9

能の秘曲「世阿弥」にのって時空を越え、二人の柳生十兵衛は後水尾法皇と足利義満の陰謀に立ち向かう！『柳生忍法帖』『魔界転生』に続く十兵衛三部作の最終作、そして山田風太郎最後の長篇、ここに完結！

著訳者名の後の数字はISBNコードです。頭に「978-4-309」を付け、お近くの書店にてご注文下さい。